谷山走太

# 負けるための甲子園

実業之日本社

実業之日本社文庫

目次

# 序章

汗が止まらなかった。

肌に張りつくアンダーシャツが鬱陶《うっとう》しい。とめどなく流れ出る汗が目に入らないよう帽子をとって汗を拭《ぬぐ》う。照りつける日差しに肌は焦《こ》げつき、帽子の中で蒸された脳はドロドロに溶けるようだった。

満員の甲子園《こうしえん》球場。全国高等学校野球選手権大会、その決勝という大舞台で、筧啓人《かけいひろと》は投げていた。

試合は白熱の投手戦だった。どちらのエースも意地を張り合うかのようなピッチングを続け、スコアボードには0がズラリと並んでいる。プロ注目の豪腕といわれる相手ピッチャーは三振の山を築いていたが、対する啓人も毎回ランナーを許しながらも気迫のピッチングと味方の好守備のおかげでなんとか無失点で切り抜けてきた。

試合が動いたのはついさきほど。ボテボテの内野安打で出塁した啓人は、次の送りバントで果敢にも三塁を狙い、その明らかな暴走ランが相手チームのエラーを誘って一点をとることに成功していた。

そして一点リードで迎えた九回裏。2アウト、ランナー二塁。一打同点、ホームランなら逆転という場面だった。

マウンドで汗を拭った啓人が18・44メートル先のバッターボックスに目をやると、大柄の男がこちらを睨《にら》んでいた。日に焼けた太い二の腕は隆起し、いかにも一発を持っていそうだ。

そうこなくては……。乾いた唇を啓人は舌で湿らせた。

わかっている。今この瞬間、必要なのは唸《うな》るような160キロのストレートではなく、針の穴を通すほど繊細な1ミリを争うコントロールだ。

プレートに足を掛け、ゆっくりと投球モーションに入り、腕を振るう。指先に全神経を集中させ、ボールが離れた瞬間に啓人は確信した。これ以上の球はない。

そうして放たれたボールは、甲高《かんだか》い金属音とともに跳《は》ね返された。

ボールは高く、高く、舞い上がる。

振り返ると、青いキャンバスにぽつんと白い点が浮かんでいた。

やがて白い点はバックスクリーンの影へと消えていく。

津波のように沸きあがる歓声と、悲鳴。

逆転のホームランを打たれた啓人はマウンド上で立ち尽くし……その口元には、ほっとしたような笑みが浮かんでいた。

こうして筧啓人は、一千万円という大金を手に入れた。

×　×　×

夜の公園に乾いた音が響く。

キャッチボールなので軽めに投げていたが、それでも自然と球はよく走った。指先がわずかに痺《しび》れる感覚が心地よい。再び啓人がボールを投げると、相手はキャッチボールだというのにわざわざ気持ちいい音を立てて受け止めてくれた。

急な呼び出しだったが、純平《じゅんぺい》は二つ返事で応じてくれた。

筧啓人と矢久原《やくはら》純平。この夏甲子園を沸かせた、二年生バッテリーだ。夏の、最後の思い出作りの相手としては、これ以上の相手はいないだろう。

純平はキャッチャーとして優秀で、とにかく真面目《まじめ》で、そしてお人好《よ》しだった。この一年間ほぼ毎晩のように続けていた啓人のピッチング練習に、なんの疑問も抱かず、一言の文句も言わず付き合ってくれているくらいだ。

今日だって甲子園が終わって地元に帰ってきたばかりだ。あの独特の興奮と緊張、そして疲労が残っている身体《からだ》。家でのんびり休みたい気持ちもあるだろう。それでも呼び出しに応じてくれることがわかっているくらいに、啓人は矢久原純平という男を信頼していた。

「甲子園……惜しかったなぁ」

しばし無言でキャッチボールをしていると、ふいに純平が口を開いた。

「……うん、そうだね」

「来年はどうなっかな？」

「……先輩たちが抜けると、キッそうだ」

ボールとともに言葉を往復させる。二人にとってはいつものやりとりだった。

「それだよなぁ。甲子園の決勝どころか、そもそも甲子園に行けるかどうか。先輩たちが抜けた穴埋めるにしても、特に外野なんて俺らの代に肩強いヤツいないし」

「……肩の強いのなら、一人心当たりがあるけど」

「マジ？　そういや一年のときにスゲェ強肩のヤツがいた気が……ほら、サード志望だったヤツ。名前なんだっけ？　結構上手かったのに夏休みくらいに気づいたら辞めてたんだよな。なに、アイツ戻ってくるとか？」

「どうだろう……あとピッチャーも育てないと」

「ピッチャー？　ああ、今年みたいな啓人に任せっきりの連投は避けたいな」

「打線も今のままじゃ……っ!?」

次第に往復のペースが速くなってきたかと思うと、突如啓人の顔面を強烈なボールが襲ってきた。咄嗟《とっさ》に啓人は顔とボールの間にグラブを差し込む。キャッチした手がジーンと痺れた。

試合で盗塁を阻止《そし》するときのような力のある球で、純平が投げ返してきたのだ。

「なあ、どうしてあんな球を投げた？」

矢のような返球とともに飛んできたのは、鋭い視線だった。

やはり、この男は気づいている。

当然だろう。これまで啓人のボールを何千、何万と誰よりも間近で見てきたのだ。

質問には答えず、啓人はグラブで地面を差した。

「……肩も温まってきたし、座りなよ」

「…………」

なにか言いたそうだったが、黙って純平は腰を落としミットを構えた。

その場所目掛けて、啓人は思い切り腕を振る。白球は闇夜を切り裂く軌跡を描き、そのまま破裂したかのような強烈な音を辺りに響かせて純平のミットに突き刺さった。

「どう?」

「文句なし。最高のボールだ」

「もしもさ……もしも最後にこれを投げることができたら、優勝したのは俺たちだったかな?」

ひとつ息を吸って、啓人は頭上を仰ぎ見る。

この一年間、投げて、投げて、ひたすら投げ続けて……こんなふうにゆっくりと夜空を見上げる機会などなかった。見上げた空は暗闇だった。けれど、

「ああ、そうに決まってるだろ」

「……そっか」

雲の切れ間に一つだけ、星の光が見えた。

あのとき、甲子園の決勝であとアウト一つというところで啓人が投げたのは、ど真ん中の棒球《ぼうだま》だった。

つまりは、わざと打たれたのだ。

誰からも称賛されることはないだろう。期待を裏切り、踏みにじった。そしておそらく自分には、なにも残らない。

けれど今しがた投げた、啓人の本当の一球を、純平は褒めてくれた。

たった一つの称賛、ほんのわずかな光でも、今の啓人にはそれで十分だった。

グラブをしまい、いつもより膨らんだスポーツバッグを肩に掛ける。

「ちょっと待てよ。さっきの話がまだ……」

呼び止めようとする純平に向かって、啓人は言った。

「ついて来なよ。どうしてあんな球を投げたか、知りたいならさ」

ネオンが眩《まぶ》しい夜の通りを啓人は歩いていく。両側には飲み屋やパチンコ店が並び、歩いているだけで酒とタバコの臭いが漂ってくる。

ふと後ろを確認すると、純平がなにも言わずについてきていた。あんなことを言えば必ずついてくると、わかっていた。自分を卑怯《ひきょう》な人間だと、啓人は思った。

夜のネオン街で高校生二人はやけに浮いている気がしたが、行き交う人々は誰も啓人と純平を気にしていなかった。

甲子園では騒がれていたが、結局のところ世間の高校野球への関心はその程度なのだろう。そういえば日本の野球人口は年々減少していると、以前に純平が嘆いていた気がする。啓人はチラリと振り返り、後ろに声を掛けた。

「ところで純平、お金ある?」

「あるわけないだろ。あったら俺のボロいミット買い換えてるよ。部費出ねぇかな。甲子園準優勝のご褒美とかさぁ」

「公立だと厳しいよね」

「私立の強豪ともなるとやっぱ凄《すご》かったな。専用のバスが何十台も来て応援団がゾロゾロと……。吹奏楽やチアなんかも気合入ってて、守備のときのプレッシャーとかハンパなかったな。まったく勘弁して欲しいよ、俺らなんて家族と物好きな連中しかわざわざ兵庫《ひょうご》まで応援に来ないってのに。そういや、お前のとこの家族とか来た?」

「……ここだ」

それ以上の会話を遮《さえぎ》るように、啓人は足をとめた。

古びたビルとカラオケ店の隙間に地下へと続く階段があった。しかし看板などは見当たらない。怪訝《けげん》な眼差《まなざ》しを純平が向けてくる。

「なにかの店か？　さっきも言ったけど、俺は金なんて持ってないぞ」

「安心してよ。純平のお金なんて最初から期待してないから」

「さっきは聞いてきたじゃねぇか」

「一応ね……確認だよ」

階段を降りていくと、真っ黒に染まった重厚そうな扉があった。扉の隙間から漏れ出すようにひんやりとした空気が流れてきてなにやら怪しげな雰囲気を醸し出していたが、啓人は躊躇《ためら》うことなく扉を開けて中へ入る。

「いらっしゃい。おや？　珍しい客だな」

「え……おわぁぁっ!?」

啓人に続いて入った純平が、突然知らない男に声を掛けられ尻餅をついていた。

いや、そもそも男であるかどうかすらわからなかった。啓人たちを出迎えた人は、ガイコツそのものだった。頭蓋が剝《む》き出しになっており、窪《くぼ》んだ眼窩《がんか》の中にはなにもない。カチカチと歯を鳴らしながら喋《しゃべ》りかけてくるガイコツにむかって、啓人は冷静に口を開いた。

「少し見て回っていい？」

「フォッフォフォ。ああ、構わんよ。買い物に来た客を拒むことなんてしないさ。なにも買う気のない冷やかしなら許さないが」

「ああ、もちろん客としてきた」

「ならゆっくり見ていくといい。若い人間は面白い客が多いから好きだ。欲しいものが決まったら声を掛けてくれ」

「わかった」

　平然と奥へと進もうとする啓人を、純平が慌てて追いかけてくる。

「いまの……あれ、ガイコツに見えたけど、手品かなにかか？」

「違うと思う。以前ここに来たときは神様だって言ってた。世界中にたくさんいる神様のうちの一人で、ここで色んなものを売って商売しているらしいよ」

「神様っていうより、ありゃ悪魔だろ」

「まあ俺にとっては神様だろうが悪魔だろうが、どっちでもいいかな……」

　店内は薄暗く、すぐそばにある商品しか見えなかった。商品は様々なものが置いてあるが、使い込まれたモデルガンや七色のビーズがちりばめられた王冠など、そのほとんどは啓人の目にはガラクタにしか見えない。

「ここではなんでも売ってるんだよ。だから『なんでも屋』って俺は呼んでる」

　足を止めることなく啓人は言う。店の広さはわからないが、真っ直ぐ歩いているはずなのに突き当たりが見える様子はなかった。両側に商品が並ぶ一本道の通路がひたすら続いており、さすがに気味悪そうに純平が尋ねてくる。

「なんでもって……なんだよ？」

「なんでもは、なんでもだよ。メジャーリーガーの愛用ミットだろうが、戦闘機だろうが、なんならアメリカ大統領の地位だってお金さえあれば売ってくれるだろうね」

「金さえあれば、なんでも……だと？」

「なんのためにあんな棒球投げたのか、知りたかったんでしょ？」

大きく膨らんだスポーツバッグをポンと叩《たた》き、啓人は言った。

「ずっと前から噂《うわさ》だけは聞いてたんだ。甲子園に出ると、野球賭博《とばく》の連中から声が掛かるって」

「え……あ、ああ。それなら俺も聞いたことがあるけど、ただの噂だろ」

「そうやって、みんな誰かの悪戯《いたずら》だと思って相手にしないだけだよ。そうでなくても、せっかく勝ちとった甲子園を汚すような真似、したくないだろうしね」

「おい……まさか……」

「甲子園の出場が決まったときにさ、野球賭博の関係者を名乗る男が近づいてきたんだ。もし甲子園の決勝まで進んだら、わざと負けろって。そうすれば大金をくれるって言われたから。それで、その話にのった」

淡々と語る啓人だったが、こめかみに手を当てた純平に制止された。

「ちょっと待て………もしだ、もし仮にその話が本当だとして、それでお前はここになにを買いに来たんだよ。いまさら甲子園優勝の権利でも買いに来たってのか？」

「まさか。それこそいまさらだよ。それに、甲子園の優勝はもういいんだ……甲子園での目的はもう果たしたから」

「じゃあ、なにを買いに来たって言うんだよ」

「………」

質問には答えず、啓人は店の奥へと足を進めた。

通路に並ぶ商品は、気がつけば動物に変わっていた。ライオンやらゾウやら様々な動物。それらが剝製《はくせい》かどうかは啓人にはわからなかった。どれも死んだように眠っている。名前を知らない動物もたくさんいた。

その一角でようやく啓人は目的のものを見つけ、足を止めた。視線の先に見慣れたシルエットがある。背後で純平が息を吞《の》むのが伝わってきた。

透明なケースの中で人間が横たわっている。肌は青白く、静かに瞼を閉じ、死んでいるかのようにピクリとも動かない。その顔は毎日鏡で見る顔に瓜二つ《うりふた》だった。

啓人は振り返り、純平に向かって静かに言う。

「兄貴だよ」

「あにきって……お前、なに言ってるんだ？」

震える声で尋ねる純平に対して、啓人は穏やかな顔で答えた。

「去年の夏にさ、兄貴と『ビルの間の地下になんだかよくわからない扉がある』って二人でふざけて開けてみたんだ。そしたらこの店があって、ここでは欲しいものがなんでも買えるっていうから、『野球の才能』を買った。ただ代金は一千万円って言われて、そんなお金持ってなかったから……たまたま一緒にいた双子の兄貴、和人《かずと》を売ったんだ」

「……意味がわかんねぇよ。お前に双子の兄貴がいるとか、初めて聞いたぞ」

「覚えてないのも無理ないよ。どういうわけか知らないけど、ここでの取引で起こったことは外の人の記憶から消えるんだ。だから俺以外に和人のことを覚えている人間はいない。家族も含めて。ついでにいうと、純平は実際に会ったこともあるよ。さっき言ってた『一年の夏休みに辞めた強肩のヤツ』あれが兄貴の和人だよ。でも、はっきりとは思い出せないだろ？」

「いや、でも……才能を買ったとか、兄貴を売ったとか……なんだよ、それ……」

正気《しょうき》を疑うような目つきで純平が見てきたが、啓人は平然としていた。いたって正気である。ただ過去に兄を売ったという行為は理由がなんであろうと狂っていると思うし、これから啓人がやろうとしていることも人によっては狂っていると言われることかもしれないので、やはり正気を疑われるのは仕方のないことにも思えた。

「さっきのガイコツに『欲しいものはなんだ？』って聞かれて、俺は『野球の才能』って答えたんだ。真っ先にそれが思い浮かんだから。冗談のつもりだったんだよ。そんなものもらえるわけないってわかっていたし……でも本心も混じっていたんだと思う。勉強もスポーツも、なんでも俺よりできる兄貴に、野球だけは負けたくなかったんだ。まあ、なにを言っても心の弱い俺が悪いんだけど……」

「…………」

「だから俺の野球は、俺の力じゃない……全部偽物なんだよ」

こんな話を誰かにするのは初めてだった。

誰かに話して信じてもらえたとも思えないが……。

「フォッフォフォ。さて、そろそろ欲しいものは決まったかい？」

いつの間にか、入り口にいたガイコツがすぐそばにいた。

「ああ、和人が欲しい。一年前にここに売られた俺の双子の兄貴だ」

目の前で眠る人間を指差す。

一瞬の空白のあと、ガイコツはカチカチと歯を鳴らした。

「そうかそうか、自ら売ったものを買い戻しにきたか。お前はそういう人間なのかぁ」

「兄貴を売ったとき、俺に言ったよね？　『一年間は店に置いといてやる。買い戻したければ一年以内に来るんだな』って。言われたとおり、買い戻しに来たよ」

「フォッフォフォ、こいつは面白いなぁ。たしかに言ったさ。実際に買い戻しにくるやつは滅多にいないけどな」

笑うガイコツを無視して、啓人は純平に向き直った。

「そういうわけなんだ。付き合わせて悪いね、純平」

一応、先に詫《わ》びを入れておく。

なんで自分に謝るのかわからない、といった表情で純平はぽかんと口を開けていた。

構わず啓人は肩に掛けていたスポーツバッグを下ろし、中身をガイコツに突き出した。

「ここに一千万円ある。これで兄貴を買い戻したい」

「残念、足りないな」

札束を見てガイコツは即答した。

「お前の兄の値段は二千万円だ。置いといてやるとは言ったが、買い戻す値段が一千万円とは言ってないだろ?」

「…………」

俯《うつむ》いて黙り込む啓人を見て、ガイコツは愉快《ゆかい》そうに笑った。

「ブォッフォフォフォ。人間が絶望する顔はたまらんなぁ。そんな顔を見せてくれる人間が、俺は大好きだよ」

気持ちの悪い笑い声だけが不気味《ぶきみ》な空間に響く。

動かない啓人の肩を、純平がそっと揺すった。

「おい、啓人……警察に行こう。監禁だとか人身売買だとかで、話せば……」

「無駄だよ。誰も信じてくれない。一度だけ交番から警察の人を無理やり連れてきたことがあったけど、そのときはなぜか店の中は空っぽで、誰もいなかったんだ」

「そりゃあお前、買い物する気のないやつを相手にするほど俺も暇じゃないんでね」

どこまでも人を食ったように笑うガイコツに、純平が顔を歪《ゆが》める。

「そんな……」

「でもまあ、一千万円でちゃんと買い戻せるのかとか、不安には思っていたんだよ。そのために純平に来てもらったんだから」

「え？」

面食らったような顔で純平が固まった。

無関係な純平を巻き込んでしまい本当に申し訳ないが、啓人にはこの方法しか思いつかなかった。

「この一千万円と、若くて健康な男の身体を一人分だったらどうかな？　和人もそうだったように高校生男子一人なら一千万円くらいの価値はあるよね？　代金としては十分じゃないかな？」

「おい、啓人……お前、なに言って……」

「ブォッフォフォ！　そいつはいい。ああ、十分だ。十分だとも。本当に面白いなぁ。人間の欲は際限がないのだから。なにかを犠牲にしても懲《こ》りることがない。すぐに別のなにかを犠牲にすればいいと考える。これだから人間はたまらないなぁ」

笑うガイコツから遠ざかるように純平が後退《あとずさ》る。

「付き合ってられるか……俺は帰るぞ」

「帰れないよ。この店はなにかを買わないと、外に出ることができないんだ」

「そんな、ばかな……」

慌てて純平が後ろを振り返るが、そこには薄暗い闇が広がっているだけだった。震えるその肩に、啓人はそっと手を乗せる。

「諦めてくれ」

「うそだ……やめてくれ、嫌だ！　助けてくれ！」

「大丈夫だよ」

「ふざけんな！　こんな死んだみたいに眠ってるなんて、俺はごめんだぞ！　来年、絶対あの舞台に戻るって決めたんだから！　こんなところで……」

「そんなに取り乱さないでよ。なにか勘違いしているみたいだけど、純平は外に出られるから」

「…………え？」

途端に目を丸くする純平に、啓人は微笑《ほほえ》んだ。

「売るのは俺の身体だよ」

あの日、ある意味望んで手に入れたはずの野球の才能。けれどその先にあったのは後悔だけだった。だからその才能を使って、双子の兄を取り戻すと決めた。和人を取り戻すためには、なんでもすると決めたのだ。自らを犠牲にしようが、それが狂っていると言われようが、構わなかった。

「俺自身を売っちゃったら、和人を買う人間がいないでしょ。そのために純平に一緒に来てもらったんだよ」

「そんな……」

「一千万円と俺の身体で、和人は買えるよね？」

啓人が問うと、ガイコツは歯を鳴らした。

「もちろんだ。若くて健康な男の身体なら、お前たちのどちらでも問題ない。それにしてもお前は面白いなぁ。一度売った兄を買い戻すのにそんなに必死とは。人間の中でも最高に面白い。人間の面白い姿を見るために商売をしている身としては、お前の行動はたまらないなぁ。まったく、笑っちまうよ。笑えるついでに、一ついいことを教えてやる」

「いいこと？」

カチカチと歯を鳴らして笑っていたガイコツはスッと腕を上げ、骨だけの指を啓人に突きつけた。

「お前が欲しがっていた『野球の才能』だがな、お前にはもともと『野球の才能』があった。お前自身が気づいてなかっただけだよ」

「なんだって?」

耳を疑うような言葉だった。

愉快そうにガイコツは続ける。

「すでに持ってるものを与えるのは悪いからなぁ、お前には特別に別のものを与えたのさ」

「じゃあ、あのとき俺は、なにを買って……?」

「『自信』だよ。『自信』さえあれば、堂々とプレーできただろ? それで十分お前は凄い野球選手だったんだよ。どっちにしろ望みは叶《かな》ったんだ。よかったじゃないか。ブォッフォフォフォ!」

衝撃だった。ヘルメット無しの頭にデッドボールを受けたかのように、啓人は硬直して動けなかった。かわりに頭の中ではこの一年間の日々が、あの甲子園までの道のりが渦を巻くように駆け巡っていく。

「なあ、どうだい? たかが『自信』と引き換えに大切な兄を売っちまった気分は。それで今度は自分が犠牲になる気分は。さぞかしつらいだろうなぁ。後悔してるか？　絶望してるか？　ブォッフォフォ、その顔をもっとよく俺に見せてくれよぉ」

「……おい、啓人……」

呆然《ぼうぜん》と立ち尽くしていると、心配するような純平の声がした。

気がつけば啓人の頬を、涙が伝って零《こぼ》れ落ち、

「そうか……よかった」

泣きながら、啓人は笑っていた。

「フォフォ……ふぉ……ふぉ？」

「どんな気分かって？　この一年間で最高の気分だよ。純平、聞いてくれよ。たかが『自信』それだけだったんだ、俺が買ったのは。俺の野球は俺のものだったんだよ。誰かに与えられたものなんかじゃない。俺のものだったんだ」

全てが灰色だったはずのこの一年間の思い出が、鮮やかに色づいた。

与えられた才能で、双子の兄を取り戻すためだけにやっている野球だと思っていた。

けれど、違ったのだ。

マウンドでの緊張感も、打ちとった快感も、打たれた悔しさも、夜遅くまで純平と練習した日々も、汗の染み込んだユニフォームも、泥にまみれたスパイクも、ほつれたグラブも、そしてあの甲子園での興奮も。全て偽物なんかじゃなかった。

啓人の野球は間違いなく本物で、そしてやっぱり……野球は最高に楽しかった。

泣きながら笑う啓人を見て、初めてガイコツが戸惑うような声を上げた。

「……後悔、してないのか？」

「後悔ならしたよ。もう飽きるほど……けど最後にお前が教えてくれたんだ、俺の才能は俺自身のものだって。そしてそんな俺の全力の球なら甲子園で優勝できたって、純平はそう言ってくれた。なら、もう十分だよ」

ガイコツはつまらなさそうに舌打ちし、兄の入ったケースに手を掛けた。

「フン、まあいいだろう。取引は成立だ」

「成立って……おい、ちょっと待てって……」

慌てふためく純平の声がぼやけて聞こえた。

取引は成立した。これで兄の和人は自由になれる。

意識が遠のき、視界が徐々に狭く、暗くなっていく。

けれど啓人の心は満たされていた。

「じゃあね、純平。甲子園、また行けるといいね……」

そうして啓人の世界は暗闇に包まれた。

◇
◇
◇

「おわっ……どこ投げてんだよ」

「ごめーん」

グラブを掠《かす》めた軟式ボールは、伸び放題の雑草の上をてんてんと転がっていった。

日は傾いて、世界は茜《あかね》色に包まれている。

「ノーコンだなぁ。こういうふうに、投げるんだ、よっ」

やっと追いつき摑《つか》んだボールを、少年は助走をつけて投げつけた。

放られたボールは白い放物線を描き……相手が目一杯伸ばしたグラブの遥《はる》か上を通過していった。

「あれ？　わりぃ……俺もノーコンだった」

「でも、すごいよ！　ボールがビューンって飛んでった。よーし、こっちだって！」

相手も同じように助走をつけて投げ返してくる。

今度は真っ直ぐ飛んできたが、ポーン、ポン、ポン、コロコロ……と少年に届く前に白球はその力を失っていた。

　足元に転がるボールを拾い、数歩前に進んでから少年は投げた。

「こんなもんか？」

「たぶん……その辺りなら大丈夫」

　礼を言いながら相手が投げ返したボールは、今度はしっかりノーバンで少年のグラブに収まった。相手はホッと胸を撫《な》で下ろし、それからぎこちなくはにかんだ。

「いつも練習付き合ってもらって、ごめんね」

「別に……俺だって一人じゃキャッチボールもできないからな」

「……もしかして、友達いない？」

「うるせぇな。一人で壁に向かってボール投げてたお前に言われたくねぇよ」

「じゃあ、仲間だね」

「だから一緒にすんなって。俺のは他の連中に見られちゃいけない……そう、秘密の特訓なんだよ」

　少年は恥ずかしそうに視線を逸《そ》らし、空に向かって呟《つぶや》いた。

「とっくん……なんかカッコイイかも」

「そうだ、二人だけの秘密の特訓だ」

「ねぇ、特訓頑張れば……いつか二人で甲子園、行けるかな？」

鼻を膨らませ、真っ直ぐに見つめてくる。

少年は困ったように頬《ほお》を掻《か》き、素っ気無く答えた。

「まあ頑張れば、行けるんじゃねぇの？」

「そうだよね。いっぱい頑張れば……うん、じゃあ約束しよ。二人で甲子園に行くって。ほら、指きり」

「えっ⁉　指きりとか……恥ずかしいんだけど……」

「でも、やくそく……」

差し出された小指を前に固まっていると、相手がしょぼんと小さくなっていくのがわかり、少年は慌ててその手をとった。

「はいはい、わかったよ。二人で甲子園行こうな」

「うん！」

なげやりに小指を絡ませると、相手はパアッと顔を輝かせた。

夕暮れの中で交わした約束。

それはまだ幼かった頃の思い出。大切な約束だった。

# 第一章　バックホーム

瞼の裏に熱を感じ、筧和人は目を覚ました。頭がぼんやりとする。小さい頃の夢を見ていたはずだが、はっきりとは思い出せなかった。

思考に張っていた膜が徐々にクリアになっていき、今が朝だとわかった。カーテンから差し込む光は鬱陶しく、そして愛《いと》おしいものだ。思い切り息を吸い込んでみると、布団に染みついた懐かしい匂いがした。

そっと腕を持ち上げようと試みる。動いた。たしかに自分の手が、そこにあった。胸に手を当ててみる。心臓の鼓動がした。身体の温《ぬく》もりがあった。

上半身を起こすと、身体が重い。身体の重さを感じられることに、なぜだか嬉《うれ》しくなってしまう。

「いてっ」

ベッドから降りようとした際に、和人は頭をぶつけてしまった。そういえば、起きる際は頭上に気をつけなければいけないのだった。

振り返ると木製の二段ベッドがどっしりと構えていた。

上の段には、誰もいなかった。

「母さんさ、俺の部屋ってなんで二段ベッドなのか……覚えてる?」

ベーコンと目玉焼きにたっぷりソースをかけ、白米と一緒に口に入れながら聞いてみる。

食卓には母親と和人だけだった。父親はすでにいなかった。仕事に出かけたのだろう。重ねた食器が流しの中に置かれているし、洗濯物の中に紛れているオヤジ臭いパジャマが、その存在を主張していた。

「さあ……たしか友達が泊まりに来たときに困らないから、とかそんな理由じゃなかったかしら？　そんなことより今日からまた練習が始まるんでしょ。ついこの間甲子園が終わったばかりなのに、野球部って忙しいのね。ほら、のんびり食べていると遅刻するわよ。お弁当も用意しておいたから忘れず持っていきなさい」

急《せ》かす母親は、まったく同じ柄の二つの弁当箱を和人の前に置いた。

「え……二つ？」

「なに？　いつも一つじゃ量が足りないって文句言うでしょ」

「あ、ああ……そうだった」

朝食を終え、弁当箱を詰め込んだ大きめのスポーツバッグを肩から掛ける。和人が玄関を出ると、鮮やかな景色が目に飛び込んできた。

透き通るように青い空がどこまでも広がっている。前日の夜中に降ったのか、アスファルトにできた水溜《みずた》まりが陽光をキラキラと反射していた。すぐそばでは新緑のハーブが塀に沿って並べられており、顔を寄せると甘い香りが鼻腔をくすぐった。

ガレージに停《と》めてある真っ赤な車。その上であくびをする三毛猫にそっと触れると、気持ち良さそうに猫はゴロゴロと喉《のど》を鳴らしていた。そよぐ風は肌を撫でて、耳に届く小鳥のさえずりは澄んでいて、そして手を伸ばせばそこにあるものに触れられる。

世界があまりに眩しくて、和人は目を細めた。

遅刻しないように早足で、けれどもその一歩一歩を踏みしめるように、さほど変わっていない通学路を歩いた。

夏休み中だが夏期講習や部活動で登校している生徒は多くいた。学校に着いた和人が『県立春星《はるほし》高等学校』と刻まれた校門をぼんやり眺めていると、通りがかった男子生徒の集団が和人のそばに近づいてきて、

「よっ、野球部のエース。テレビ見たよ。ヤバかった！」

バシバシと和人の肩を叩いた。

「俺も応援行けばよかったわ！」

「ウチの野球部が甲子園ってのも信じられなかったけどさ」

「無名の春星高校が甲子園決勝進出、ってニュースでバンバンやってたぜ」

クラスメイトだろうか。興奮した面持ちで口々に話しかけられるが、咄嗟に彼らの名前が出てこなかった。戸惑う和人がおろおろと視線を彷徨《さまよ》わせていると、

「ちょっといい？」

澄んだ声が耳に届いた。

群がっていた男子生徒たちがどこか遠慮するように和人から少し離れると、一人の女子生徒が顔を出した。

綺麗《きれい》な女の子だった。顔つきは精微な作り物の人形のように整っていて、長いまつ毛の下にある大きな瞳は理知的な輝きを宿している。柔らかなショートヘアの髪は思わず触れてみたくなるほどだ。

彼女の名前くらいは覚えていた。

「………藍沢美咲《あいざわみさき》、だろ？」

たしか、野球部のマネージャーだった。他にも藍沢美咲に関する記憶を和人が探っていると、目の前で桜色の唇がそっと開いた。

「なあに？　彼女のことも忘れちゃったの？」

予期せぬ言葉に、和人は自分の耳を疑った。

かのじょ……彼女とは、男女の仲でいうあの『彼女』だろうか。手を繋《つな》いで帰ったり、お弁当を食べさせあったり、休みの日には一緒に映画を観《み》に行ったり、俗にいう『お付き合い』というものをする……。いくら考えても和人にはその『彼女』しか思いつかなかった。

「ちょっと、大丈夫？　まだ甲子園の疲れが抜けてないとか？」

せわしなく瞬《まばた》きを繰り返す和人の顔を、美咲が覗《のぞ》き込んでくる。

ふわっと漂う甘い香りが鼻腔をくすぐった。状況が予想外すぎて、和人が返事をしようにも口はぱくぱく動くばかりで声は出てこなかった。

「朝『一緒に行こう』ってLINEしたんだけど」

「えと……すまん……スマホ、どっかにやって、朝に探す時間もなくて……」

やっとの思いで絞り出した声は、恥ずかしいほど上擦《うわず》ったものだった。

「もう、なにやってんの」

呆《あき》れられてしまうが、仕方ない。下手《へた》に発言して立場が悪くなっても困るのでぎこちない笑みを浮かべていると、校門のほうから野球の練習着に身を包んだ、背の高い坊主頭が近づいてきた。周囲の男子生徒だけでなく、和人のそばにいた美咲すらも押しのけるようにして現れた大柄の坊主頭は、なにも言わずにじっと和人を見据《みす》えた。

そのただならぬ雰囲気を感じてか、周囲も黙り込む。

「よっ」

ひとまずこの重苦しい空気を払おうと、和人は片手を挙げて軽く挨拶をしておいた。

「ねぇ、矢久原。ちょっと和人の様子がおかしいんだけど……」

「こいつ、借りてくぞ」

「え、ちょっと……」

よく知る顔に出会い胸を撫で下ろしたのもつかの間、和人は腕を摑まれ強引に連れて行かれてしまう。

駐輪場や体育館の横を抜けて、人気《ひとけ》のない校舎裏で和人は純平と向かい合っていた。

「お前……和人だな」

かつての啓人の相棒、矢久原純平は睨みつけるように言った。

「さっきからみんなそう呼んでるだろ」

「そうじゃなくて……啓人は……」

この男は間違いなく覚えている。あの店にいたのだから。

特に隠す理由もなく、和人は小さく首を横に振った。

「言わなくても、わかってるだろ?」

「わかってるとかわかってないとか、そういう問題じゃない！　そもそもがありえないだろうが。もう野球部の連中にも聞いた。そしたら啓人なんて知らないって。ウチのエースは和人だろって。俺が頭おかしいヤツみたいになっちまった」

「ああ、なんか俺が甲子園準優勝のピッチャーってことになってるみたいだな。見事に啓人と入れ替わったみたいだ」

「なんで、そんなことに……」

「あのガイコツが、そっちのほうが面白いと思ったんだろ。あいつは人間が困ってるのを見るのが趣味みたいだから。きっと今のお前の顔もどっかから見て笑ってるぞ」

「そんな……こんなあっさり啓人のことが忘れられちまうのか。俺たちはあの夏を一緒に戦って……あれだけ頼りにしていた男を簡単に忘れるなんて……」

呆然とする純平に、和人は言う。

「あまり他の野球部連中を責めてやるなよ。あのふざけたガイコツの仕業なんだから、仕方ないだろ」

「うるさい……お前がっ……お前のせいで」

伸びてきた太い腕に胸倉を摑まれ、怒気を孕《はら》んだ視線を向けられる。首が締め付けられ息が苦しくなるが、和人は落ち着いていた。

「俺のせいで、なんだよ？」

「くっ………」

奥歯を軋《きし》ませ次の言葉を選びかねる純平の手を、静かに払う。

「誰のせいでもないだろ。あいつが選んだんだ……それに、あいつの存在が完全に消えたわけじゃない。お前が覚えてくれている。それだけでも、あいつの救いにはなるだろ」

慰《なぐさ》めのつもりだった。けれど顔を上げた純平は目を剝《む》いて声を荒らげた。

「救いだと……ふざけるな！　ここに啓人がいないんだぞ！　あいつの居場所は、あんな薄暗い店なんかじゃない。マウンドの上だろうが！」

一人の人間が、その存在を丸ごと消されたのだ。それが友人、ましてや共に汗を流した相棒とも呼べる人物なのだから、純平が取り乱すのも頷《うなず》ける。

けれど声を荒らげる純平に、和人は静かに告げた。

「その啓人に、俺は売られたんだけどな」

言い捨てて、和人はその場を離れた。

啓人が和人を売り、今度は和人を取り戻すために自分自身を売ったなどということは、和人にとっても信じられるような話ではない。けれど、それは紛れようもない事実だった。信じられようが信じられまいが、和人はいつ終わるともわからぬあの暗く孤独な時間を過ごしたのだ。

「ちっ」

思わず舌打ちをしてしまう。

啓人が憎いといえば憎い。とはいえ、啓人が本当はそんなヤツではないことを知っているのも双子の兄である和人だ。

心の整理がつかないまま、和人は一つ大きな深呼吸をした。

「とにかく、今を生きるしかない、よ、な……」

野球部の部室を訪れると、野球部員たちが「ウィーッス」と気軽に声を掛けてくる。着替えながら、休みの日になにをしていただの、来年こそは甲子園で優勝しようだのといった会話をした。最初こそ戸惑ったが、たいていはあたり障《さわ》りのないことを言っておけば問題なかった。和人を怪しむ者など誰もいなかった。

彼らは啓人と話しているつもりなのかもしれないが、どんな言葉であれそれが自分に向けられたもので、自分が他の誰かと会話をしているという、ただそれだけのことが和人にとってはこの上なく嬉しかった。

着替えて部室の外に出ると、校庭からフェンス一枚隔《へだ》てたそこには野球グラウンドが用意してある。外野はところどころ雑草が伸びているが広さは十分、内野にいたってはきちんと整備がなされており、トンボ掛けによって綺麗な円を描いたその中心、少し高い位置にまるで聖地のようなマウンドがあった。

これからは思い切り身体を動かせるのだと、和人の気持ちが高揚する。

だが練習が始まって軽くランニングをした後に二人一組でストレッチをすることになると、問題が生まれた。皆があらかじめ誰と組むか決まっているかのように二人組を作り出したのだ。誰に声を掛ければいいのかわからず、和人がまごついていると、

「……座れよ」

ぼそりと呟くような低い声がした。振り返ると純平が立っていた。

さきほどの出来事があったから、むこうから声を掛けてきたのは少し意外だった。ただその仏頂面《ぶっちょうづら》を見るに、全てを割り切れたわけでもないだろう。なんてことはない。おそらくいつも啓人と組んでいたから、同じように余っただけだ。

荒れた芝生の上に両足を伸ばして開脚すると、ぐいっと背中に圧力が掛かった。

「いっつつ……顧問って、佐藤《さとう》のままなんだな」

「……それがどうした」

ストレッチをしながら場を和ませようと話を振るが、純平の反応は薄かった。

一塁側にお粗末程度に置かれたベンチに座っている定年間近の国語教師が野球部の顧問である佐藤だった。ただ顧問とは名ばかりで、和人の記憶が正しければ佐藤は練習には一切口を出さず、それどころか練習に目を向けることもなく、ひたすら本を読んでいるだけだ。教員の中に野球経験者がおらず、仕方なく野球部の顧問を引き受けたのだろう。公立の学校ではよくあることだった。

「いや、アレが顧問でよく甲子園なんて行けたなと思って」

まともな指導者がいないこの環境で甲子園の決勝まで行けたのは、やはりエースである啓人の存在が大きかったのだろう。部室でも散々聞かされたが、あらためてその偉業に感心していると、部室棟のほうから遅れて一人の野球部員がやってきた。

それは他の野球部員と同じ練習着に着替えた美咲だった。

「そういや啓人のヤツ、彼女なんていたんだな」

「……藍沢のことか？」

「そうそう、あのマネージャー。美人だよな」

「まあ……顔がイイことは認める」

「なんだよ、それ」

「俺もなんで啓人があいつと付き合ってたのか、詳しいことは知らねぇから。啓人とは野球の話ばっかりで、そういう話はほとんどしなかったし。あっちも野球好き同士、変なところでウマが合ったんだろ」

「ふーん」

あの野球にしか興味を示さなかった啓人に彼女がいるというのはピンとこなかったが、野球部のエースとして女子から人気があってもおかしくない。そこに共通の趣味を持つ相手が現れたとなれば、付き合うのも自然な流れかもしれなかった。

ふと美咲がこちらに視線を寄越した。彼氏らしく和人は軽く手を挙げながら、小声で純平に尋ねてみる。

「なあ、付き合ってどれくらいとか、普段なんて呼んでたかとか、教えて欲し――」

「そこ！　いつまでくっちゃべってんの!!」

突如グラウンドに荒々しい声が響いた。

驚いて和人は目を見張る。固まる和人から視線を外した美咲は睥睨《へいげい》するように辺りを見回し、

「ほら、あんたたちも準備にどれだけ時間掛ける気？　さっさと練習始めるわよ！」

手を叩いて促すと、それまで和やかに準備運動を行っていた野球部員たちが私語をピタリとやめ、一斉に機敏《きびん》な動きを見せた。

弛緩《しかん》した空気が一気に引き締まる様を見て、和人は呆気《あっけ》にとられてしまう。

「……どうなってんだ？」

「お前の彼女だろ」

背後で聞こえた声には哀れみがこめられている気がした。

「ハイッ！」

パンと手を叩く掛け声とともに、横一列に並んだ男たちが一斉に走り出した。汗を払うように腕を振り、地面を蹴って砂埃《すなぼこり》を舞い上げる。そうしてゴールを駆《か》け抜けた彼らは振り返り、少しするとまた手拍子が鳴って走り出す。その繰り返し。

20メートルダッシュ×20本。ベース間よりもやや短い距離だが、数を重ねれば自然と疲労は溜まっていく。本数が二桁になったあたりで太ももには乳酸が溜まり、まるで鉛でできたように脚が重くなっていた。心臓は猛烈な速さで脈打っている。それでも他の

部員に遅れをとるのは格好がつかないのでがむしゃらに手足を動かし、和人はなんとか20本のダッシュをやりきった。

震える膝《ひざ》に手を突いて呼吸を整えていると、

「なんで休んでるの？」

目の前に立った美咲が不思議そうな目をしていた。

「え？　だって、みんな休んでるんじゃ……？」

周りでは他の部員たちも和人と同じように呼吸を整えたり、水分を補給したりしているのだが、なぜか和人に向けられるのは一様に奇異なものを見るような視線だった。

「あと10本あるでしょ？」

「ほえ？」

思わず間の抜けた声が漏れてしまった。

なぜ……自分だけ……？

その疑問はすぐに美咲が教えてくれた。

「和人はピッチャーなんだから、人一倍体力が必要なはずでしょ。というか、いつもやってるじゃない」

「……まじかよ」

ここにはいない人間を恨みながら、和人は一人ダッシュを再開することになった。

「ぷはっ……もう無理……」

やっとの思いでダッシュを終えた和人はベンチの麦茶を勢いよく喉に流し込んだ。水分が乾いた身体に染み渡り、生き返った気分だ。

一息ついてグラウンドに目をやる。

そこでは和人にとって懐かしい光景が広がっていた。

「こら、ショート！　もっと突っ込んで捕りなさいよ！　今のはゲッツー狙えたわよ！」

金属音と怒声《どせい》が次々と飛んでいる。ノックをしているのは、美咲だ。

徐々に、和人の記憶が蘇《よみがえ》る。

和人が一年生のときも、藍沢美咲はただの美人マネージャーではなかった。守備練習のノックは、美咲がバットを持つのだ。彼女はバットの扱いが非常に上手く、狙った場所にボールをしっかりと飛ばせて、打球も強烈で、とても女子のものとは思えない、名門高校の監督さながらのノックをするのだ。

もしかするとリトルリーグやソフトボールなどで選手としての経験があるのかもしれない。スコアブックやボール磨きといったマネージャー業よりも、こっちの姿のほうがずっと板についていた。

「全員声が小さい！　甲子園終わったからって気ぃ抜いてんじゃないわよ！　矢久原、キャッチャーのあんたが率先して声出さないでどうすんのっ！」

浴びせられる叱咤《しった》の声に野球部員たちが「ヴォイ！　バッチゴォォイ！」と何語かわからない言葉で応えている。

さきほどの20メートルダッシュでも思ったが、和人が知る頃よりもみんなの練習に熱がこもっている気がした。どうやらこのチームが甲子園の決勝までいけたのは啓人と、そして藍沢美咲の存在が大きかったようだ。

感心しながら練習風景を眺めていると、彼女がこちらを振り向いた。

「ほら、和人はダッシュ終わったら早く守備位置につく！」

休んでいると怒鳴《どな》られてしまい、仕方なく和人はグラブを嵌《は》めて、渋々といった足どりでマウンドに向かった。

「ピッチャー、行くよ！」

マウンドに到着した途端《とたん》呼ばれ、身構えると和人の手前でバウンドするであろう鋭い打球が飛んできた。処理の仕方に悩むところだが、あえて前進する。跳ね上がる手前、ボールが地面にぶつかるのに合わせて和人はグラブを上から被せた。心地よい感触が収まったグラブからボールを抜き出し、素早く身を捻《ひね》って一塁に送球。ほぼイメージどおりだった。

入学当初はサード志望で、フィールディング能力には自信があった。ただ身体を動かす行為自体があまりに久しぶりで上手くできるか不安だったが、問題なさそうだ。

一連の動きは、もしかすると啓人よりも鮮やかな守備だったのかもしれない。他の野球部員たちから「おおっ」「ナイスプレー」と感嘆の声が聞こえてきて、思わず頬が熱くなってしまう。バッターボックスに目をやると美咲は険しい目つきのままだったが、さすがに怒声は飛んでこなかった。

他の野球部員たちが打撃練習に移る中、和人と純平はグラウンドの隅に移動して向かい合う。18・44メートル。向かい合うというには少々距離が離れすぎているが、それがバッテリーの距離だった。

プロテクターを装着した純平に、和人は尋ねてみる。

「ウチの練習ってこんなにハードだったたっけ？」

「……啓人がエースになってからだよ。それまでただの夢だった甲子園が手の届く目標に変わって、みんなやる気になった。啓人がみんなを変えたんだ」

「あのマネージャーも？」

和人の記憶では、彼女はノックはするが、あそこまで厳しく怒鳴ったりはしなかった気がした。

「それも去年の夏ごろからだな。次第に練習内容に口出すようになってきて、個人の弱点なんかも妙に的確に指摘するんだよ。最初は聞く耳持たないヤツもいたけど、啓人が藍沢の作った練習内容に文句言うことはなかったから、周りもそれに倣《なら》った感じだな」

ゆっくりと純平は屈《かが》み込み、膝を大きく開いてミットを右手でバシッと打ちつけた。

「お喋りはもういいだろ……来い」

射るような目を向けられ、和人は投球モーションに入る。振りかぶって和人が投げたボールは、腕を伸ばした純平のミットの、さらに上を通過していった。

「わりぃわりぃ。マウンドとか初めてだからさ」

投球練習用にグラウンドの隅に土を盛って無理やり作ったマウンドだったが、小石一つないほど綺麗なものだ。足元の土を軽く慣らし、再び腕を振る。土煙を上げて地面を跳ねたボールが純平のミットを弾《はじ》き、てんてんと転がった。

思ったところに球がいかず、和人は首を傾《かし》げた。全力投球でストライクに投げるというのは想像以上に難しい。一度初心に返り、普段のキャッチボールの要領で山なりのボールを投げてみる。パスッと控えめな音と共にボールはミットに収まった。

「よしっ！」

小さくガッツポーズをすると、純平にギロリと睨まれた。

色々と試しながら二十球ほど投げてみたが、ミットに収まったのは三球に一球といったところだった。それでも構えたところにはほとんど投げることができなかったが。

「とても啓人と双子とは思えねぇな。コントロールはカスみたいなもんじゃねぇか」

「うるせぇな。俺は啓人みたいな野球大好きマンじゃないんだよ。あいつが野球始めたからなんとなく俺も始めただけだ。ぶっちゃけ甲子園に興味もねぇし。入学したときだって高校生活楽しく過ごすためになんとなく野球部入っただけだからな」

　ボールを持たずに和人は空手で投球モーションを繰り返し、修正箇所を考えながら話していると、ふいに向こうで純平が両膝に手をつき立ち上がった。

「どこ行くんだよ？」

「……素振《す ぶ》りしてくる。まともにストライクが入るようになったら声掛けろよ」

　そう告《つ》げると和人に背を向け、行ってしまった。

　純平の気持ちもわからなくもない。構えたところに投げてくれないピッチャーなどリードのしがいがなく、面白くないだろう。ましてやついこの間まで純平が組んでいたのは、啓人なのだ。

「仕方ないだろ。俺は啓人じゃないんだし……」

　一人ぼやきながら、ネットに向かってボールを投げる。思い切り身体を動かせるだけでも楽しかったが、自分のボールを誰も受けてくれないことになんだか物足りなさを感じていると、美咲が歩み寄ってきた。

「なに？　あんたたち喧嘩《けんか》してるの？」

「……俺は悪くない」

再び誰もいないネットに向かって和人は思い切り腕を振るう。ボールは狙った場所から大きく外れ支柱に当たって跳ね返ると、力なく和人の足元に転がってきた。


途中で昼食休憩をとり、午後もみっちり練習をして、傾いた太陽が景色を赤く染め始めた頃、顧問の佐藤が読んでいた本から顔を上げ「そろそろ終わろうか」と告げると、部活動は終了となった。

着替えを終えた和人は、あらかじめ言われた校門で待つ。しばらくすると制服姿の美咲が現れた。

「じゃあ、帰りましょうか」

おそらくいつもそうしているのだろう、和人の隣にピタリと身を寄せ美咲は歩いた。

二人で並んで下校する。

「休み明けでいきなり二部練習はやりすぎだったかしら？」

部活が終わると、美咲は幾分か柔らかい表情になっていた。

「えっと……どうだろうな」

「でも三年生が抜けて、チームを作り直さなきゃいけないし、仕方ないわよね」

「……そうだな」

「特に鍛《きた》え直さなきゃいけないのは、休みボケしてる誰かさんみたいだけど」

「う……ごめん」

普段啓人がどう接していたのかわからず、曖昧《あいまい》な返事しかできない。

「それにしても八月ももう終わるっていうのに、まだまだ暑いわね」

歩きながら腕を伸ばす美咲は運動した後だというのにいい匂いがした。逆に和人は自分が汗臭くないか不安になってしまう。そしてそんな心配をしてしまう自分に可笑《おか》しさがこみ上げてきた。

沈む夕日を見ながら美人の彼女と並んで帰る。まさか、そんな日が来ようとは。少し前のあの日々からは想像もできなかった。

そっと隣を盗み見ると、美咲の顔が夕日に照らされ輝いて見えた。

ふと和人は縁石の上にひょいっと上がってみる。

「車道に落ちたら、危ないわよ」

「へーきだって」

これだけで気持ちも一段上がる自分がいた。

通りでは車がしきりに行き交っている。ヘッドライトとテールランプの描く光跡が美しいと思えた。

今日はとにかく楽しかった。誰かと喋るだけで笑えたし、なにを見ても新鮮で、なにをしても心が弾んだ。本当なら部活動だけでなく、遊びに行きたいところや食べたい物もたくさんあったが、野球部の練習も思いのほか悪くはなかった。思い切り身体を動かすのは心地よく、今も身体を包む疲労感は不快なものではない。

なんてことない一日だったが、和人にとっては充足した一日だった。

ただ一つ、満たされていないものがあるとすれば……。

「ねぇ、ところで気になってることがあるんだけど」

唐突《とうとつ》に真横からじっと見上げられ、和人は息を呑んだ。

なにか勘ぐっているのだろうか。今日一日なるべく自然に振舞っていた。周囲から啓人の記憶がなくなっている以上、啓人の存在に気づくことはないだろうが、やはり身近な者には違和感があったのだろうか。

下手に喋るのも危険な気がして、和人は黙って縁石の上を歩いた。

「そのお腹《なか》、さっきからうるさいわよ」

辺りが薄闇に包まれ始める静寂の中で、ぐー、と和人の腹の虫が鳴いた。空腹すらも愛おしく感じられたが、それもそろそろ限界だった。

美咲を連れて駅前のマックへ入ると、店内は学生で賑わっていた。セットメニューを受けとると、空いている席に腰を下ろす。温かい塊の包装紙を剝くと、こんがり焼けたパティやチーズを無理やり挟んだパンが出てきた。しっかりと両手で持って口に運んだ和人は一口食べて、固まった。

「どうしたの？」

　眉をひそめた美咲が尋ねてくる。

「……ヤバイ、泣きそうなくらいめっちゃ美味《うま》い」

「あっそ……鼻にケチャップついてるわよ」

　正面に座った美咲はカフェラテの入った紙コップを傾けながら、貪《むさぼ》るようにチーズバーガーに嚙《かぶ》りつく和人の顔をまじまじ見つめていた。

「珍しいわね。和人が寄り道とか」

「え……まあ、たまには」

「いつも和人は『腹減ってるから一秒でも早く家に帰りたい』みたいなカンジでしょ？」

　普段は真っ直ぐ家に帰っているのか。こんな美人な彼女がいるのに、啓人のヤツはなにを考えて付き合っていたのだろう。詮無いことと知りつつも、想像してしまう。

　高校生活などあっという間だ。野球だけではなくもっと有意義に過ごせばよかったものを……。

「ところで、この後の予定は？」

　突然そんなことを聞かれ、和人はくわえていたポテトを落としそうになってしまった。

日はすっかり暮れて、外は夜の光が灯《とも》っている。この後……二人で夜の街にくり出すのだろうか。

「えっと、今日は特になにもないけど……」

「……そうなんだ」

それ以上美咲はなにも言ってはこなかった。

てっきりカラオケかどこかに誘われるのかと思ったが、片肘を突いたまま美咲はぼんやりとした表情を浮かべるだけだった。

二人の距離感がまるで摑めない。なにを喋ったらいいのかわからず、和人は食事に集中することにした。

店内のＢＧＭがやけに大きく聞こえる。

ふと、人の気配に和人は顔を上げた。

「あのう、筧和人さんですよね？」

テーブルのすぐそばに制服姿の三人組の女子高生が立っていた。和人が頷くと、彼女たちはキャッキャッと色めき立った。

「甲子園見ました！　凄かったです！」

「一緒に写真撮らせてもらっていいですか！」

「ん、構わないよ」

笑顔で和人はピースサインを作ってみせる。

女の子たちが礼を言って立ち去ると、対面の美咲も静かに立ち上がった。

「先に帰るわね」

そう告げると、彼女はトレーを抱えて席を離れてしまった。

他の女子と写真を撮って、さすがに怒らせてしまっただろうか。それともこれが二人のいつもの付き合い方なのだろうか。

どこかすっきりしない気持ちを抱えながら、和人はしなしなになったポテトを口の中に放り込んだ。


家に帰ると丁寧に整理された机の上にスマホを見つけた。自分の生年月日という防犯意識のまるでない暗証番号でロックは解除できた。着信履歴は純平がほとんどだった。彼女である美咲よりも密に連絡をとり合っていたようだ。まさに女房役といったところか。健気に尽くす坊主頭の男を想像し、和人は小さく噴き出してしまう。

直近ではいくつか名前の登録されていない着信履歴があり、これが美咲かと思ったが、美咲の番号は別に登録されていた。どうやら電話での連絡はあまりとり合っていなかったようだ。未読のメールボックスには携帯会社からの案内だけだった。

次にＬＩＮＥを開くと、ついさっき美咲から新しいメッセージが来ていた。『明日の朝は七時にグラウンド集合』とおよそ女子高生とは思えないほど簡素な文だった。『りょうかい』と短く返し、和人は机の上にスマホを置いた。

静かな部屋には、和人一人だった。啓人は、いない。

和人と啓人は、どこにでもいる双子の兄弟だった。最愛の兄弟、などと呼ぶほどではないが、特に嫌う理由もなく、長年同じ学校に通い、同じ家に帰り、互いに暇があれば遊びもする間柄。双子として生まれたときからずっと一緒にいた。和人が売られるあの時までは。

ふらりと立ち寄ったあの店で、啓人はなにを思ったのだろう。『和人を売る』などと言い、ちょっと困らせるだけのつもりだったのか、それとも本心では和人のことを疎ましく思っていたのだろうか。突然のことだったので、あの時の啓人の表情がはっきりとは思い出せなかった。

ふと窓の外を見ると、四角く切り取られた空は分厚い雲に覆われ黒く染まっていた。それはどこか、あの頃を思い出す風景だった。

あの日売られてから、和人が過ごしたのは真っ暗ななにもない世界だった。

意識はあるのに瞼は動かず、視界は一面闇に覆われていた。静かだった。耳にはなんの音も届いてこない。声が出せず、身体も動かない。叫んだところで誰も助けにはこないだろうし、動いたところできっとなににも触れることはできなかっただろうが。それでも叫べばそこに自分がいると感じられただろうし、動けばまだ生きていると思うこともできただろう。時間の流れすらもわからず、自分が生きているのか死んでいるのかもわからない日々が続いた。

そうしてようやくとり戻した日常だ。

部屋の中に、和人は視線を戻す。蛍光灯に照らされた光だけでも、様々なものが色づいていた。今日だけでも色々なことがあった。きっと明日からも極彩色《ごくさいしき》の世界が待っているのだろう。

世界が和人を認識してくれている。和人の居場所が、そこにはあった。

＊

翌日も朝から野球部の練習があった。

「さあてと、じゃあ今日も投げますか」

「…………」

準備運動を終え、肩をぐるんぐるん回しながら和人は大声で宣言するが、女房役の純平には露骨に視線を逸らされた。

「……この野郎」

無理やりにでも受けてもらおうと和人は純平に忍び寄ろうとするが、

「矢久原、受けなさい」

その前に美咲の鋭い声が飛び、純平は渋々キャッチャーミットを手にとった。

「……まともにストライクは入るようになったのかよ」

「ふん。まあ見てろって」

目にもの見せてやろうと、口の端を吊《つ》り上げながら和人はゆっくりと振りかぶる。指先からボールが離れると……ミットが乾いた音を立てた。ギリギリだが、ストライクである。

「おら、どうだ！」

一年ぶりだった自分の身体の動かし方とマウンドの高さにさえ慣れてしまえば、細かいコントロールはともかく、ストライクゾーンに入れるくらいは問題なかった。

「……球速だけはあるな」

こちらに届くかどうかの小さな声とともに純平はボールを返してくる。

「なんだよ。ストライク入っただろ」

「ピッチャーとして使い物になるとは思えねぇけどな。甲子園では通用しねぇよ」

「やっぱ変化球が必要か」

真っ直ぐしか投げられないピッチャーなど高校野球において二流でしかない。たとえ

160キロのストレートを投げることができても、タイミングさえとれれば強豪校のバッターなら簡単に打ててしまうだろう。だから速球派のピッチャーでもたいていは、それを活かす変化球を持っているものだ。

そう和人は考えていたのだが、純平は小さく首を横に振った。

「変化球の問題じゃない」

「なんだよ……ああ、ボールにキレがない、いわゆる棒球だって言いたいのか？」

「だから、そういう問題じゃない」

「じゃあどういう問題だよ」

「熱くならねぇ」

「は？」

ふてくされたような顔で純平が口にしたのは、なんとも要領を得ないものだった。聞き間違いだろうか。けれど突き刺さるような視線は、ポカンと口を開けた和人に向けられたままだった。

「お前のボール受けても、熱くならねぇんだよ」

「はあ？　そんなの知るかよ」

「ボールに気持ちがこもってねぇんだよ。こんなんじゃバッターを抑えらんねぇ」

「精神論とか、くだらないな」

「これじゃあ……甲子園に行くことすらできねぇよ」

ぶつぶつと愚痴をこぼす純平に、和人は呆れた声を漏らす。

「さっきから甲子園、甲子園って……なんだよ。啓人がいなきゃ、甲子園なんて無理だろ」

ギロリと純平に睨まれた。

「ああ、そうだよ。全部……お前のせいだ」

「またそれかよ。俺は悪くないだろ」

射殺《いころ》さんばかりの視線に、和人は肩をすくめる。

そもそも啓人があの店を訪れ、あまつさえ和人を売ったりしなければこんなことにはならなかった。今頃二人で仲良く甲子園を目指していただろう。元凶は啓人にこそあり、和人が責められるようなことではない。

そのことは純平も十二分に理解しているのだろう。ぐっと奥歯を噛《か》み締めながら和人を見つめ、けれどもやはり返す言葉は見つからず、

「とにかく、やる気のないヤツの球は受けねぇ」

立ち上がり、自らの主張を一方的に押し付けて、和人のそばを離れていった。

「なにやってんの」

しばらくすると、こちらの様子を窺《うかが》っていたのか、入れ違いに美咲がやってきた。その手にはなぜかキャッチャーミットを持っている。

「……俺は悪くない」

自らに言い聞かせるように和人が呟くと、美咲は呆れた声を漏らした。

「またそれ？　まったく、見てられないわね。あんたが悪いでしょ」

「なんでだよ」

「わからないなら、教えてあげる。ほら、投げてみなさいよ」

「え…………キャッチできんの？」

「できるわよ」

純平が脱ぎ捨てていったプロテクターを手際よく装着し、膝が地面を擦るのも気にせず美咲は腰を落とした。キャッチャーミットは純平のものではなく、部室からもってきた予備のものである。

怪我《けが》をさせるわけにもいかず、様子見で軽く投げると……乾いた音が鳴った。

「ほら、もう一球！」

投げ返されたボールを、和人は一歩も動かず胸元で受け止めた。

訝《いぶか》りながらも和人はもう一球、さきほどよりも強めに投げてみる。少し力が入りすぎてしまいボールは地面を抉《えぐ》ったが、美咲は難なくキャッチしてみせた。その後も和人が投げる球は全て美咲のミットへと収まった。やはりどこかで野球の経験があるのだろう。コントロールの定まらない和人の荒れる球を、美咲は後ろに逸らすどころか捕り損なうことも一切なかった。

「フォームが安定してないわよ。体重移動もバラバラ。もっと軸足に体重乗せて。指先まで意識を集中しなさい。集中してないから一球一球フォームがブレるのよ」

投球の合間に美咲が声を張り上げ修正点を口にする。指摘されたとおりにすると、ほんのわずかだが和人のコントロールは良くなった。

それでも美咲は首を傾げる。

「以前と全然違うじゃない。もう一球」

「前と違う、か……甲子園の決勝でサヨナラ負け食らったんだ。少しくらいはおかしくもなるだろ」

吐き捨てるように言って、和人は腕を振るう。

やや高めに浮いてしまったボールを美咲は顔面付近でキャッチした。スッとミットの奥から覗いた彼女の丸い瞳は、まじまじと和人を見つめていた。

「ねぇ、和人のことだからあたしはそこまで心配してないから」

「なんだよそれ。意味がわかんねぇ」

「だって和人はそういうヤツでしょ？　あたしや矢久原に尻を叩かれるまでもなく、目的に向かって走り続ける。いつだって足りないものを補うために努力する。誰よりも自分に厳しいのが筧和人だと、あたしはそう思ってるんだけど？」

　彼女の中では、筧和人はそういう人間らしい。けれどそれは啓人が作り上げた、筧啓人という人間のことだ。彼女が口にしているのは決して和人のことではない。

「……お前が、俺のなにを知ってるんだよ」

「たしかになにも知らないけど……雰囲気が変わった、くらいはわかるわよ」

　首をすくめた美咲は、そっと窺うように付け足す。

「あと、ちょっと息苦しそう」

「………気のせいだろ」

「あっそ。ほら、もう一球！」

　否定するとそれ以上の追及はなく、もう何度目かの「もう一球」が告げられた。

　時折美咲は他の野球部員たちの練習に視線を送りはするものの、ずっと和人の相手をしている。

　促されて、腕を振るう。指先から離れたボールは、構えたグラブから大きく外れた。一向に和人のコントロールが定まる気配はない。しかし、早々にキャッチャーが見捨てたというのに美咲は辛抱《しんぼう》強く付き合ってくれていた。

「なんで、そんなに俺に構うんだよ？」

「なんでって……言わなきゃわからない？」

眉根を寄せて、美咲はボールを投げ返してくる。

理由は明白だった。和人は野球部のエースで、美咲はマネージャー兼監督役で、そして彼女だから。付き合っている彼氏のことを気に掛けるのはなにもおかしなことではない。結局は彼女も啓人と結んだ関係を大事にしているだけなのだ。和人のことを見ているわけではない。

「約束したでしょ。この野球部を日本一強くするって」

「………」

啓人のヤツ……日本一とは、えらく思い切った約束をしたものだ。おそらく絶対に甲子園に行くために、あの舞台に立つために自らに重責を課したのだろう。そして日本一まであと一歩……いや最後はわざと打たれたのだから、その無謀ともいえる約束はほぼ果たしている。

キャッチしたボールを投げ返しながら、美咲が言う。

「和人、来年こそは日本一になるわよ」

今年よりも良い結果を求められ、和人は言いようのない不安に駆られた。

慣れないピッチャーとはいえ身体を動かすのは楽しかったはずなのに、なにかが和人にのしかかってきたように頭がずっしりと重く感じられ、それに反して足腰は異様に軽い。そのギャップがどんどん和人のバランス感覚を崩壊させていった。

しばらく投球練習を続けたが、それからストライクは一球も入らなかった。


波に揺られる船の上にいるようなおぼつかない足どりで、和人は家まで帰ってきた。身体のだるさは練習の疲労のせいだけではないだろう。頭の重さも、消えてはいない。誰にも会いたくなくて、真っ直ぐ自室へと戻った。

立っているのが億劫《おっくう》で、どっかりとイスに腰を下ろす。そのまま背もたれに体重を預けた。重心のバランスが悪いのか座っているのに安定感がまるでない。イスごと後ろに倒れてしまいそうだった。

今の和人はもう自由の身だ。美しい景色を見ることができるし、声を出して会話を楽しむことだってできる。身体も自在に動くし、様々なものに触れることもできる。そのはずなのに……。

瞼を閉じて、今日の生活を思い出してみる。昨日と同じように目に映るものは全て色づいていた。耳を澄ませばいたるところで雑多な音が聞こえたし、足を動かせばどこにだって進めた。和人は間違いなくあの暗闇の日々から解放されたのだ。

けれども目を開けて飛び込んできたのは、蛍光灯の物悲しい光とどこか澱《よど》んだ空気の世界だった。

室内の壁には見覚えのあるプロ野球選手のポスターが貼られている。啓人が好きだった選手だ。机の横の大きな本棚の上段にはこの夏の地方大会での優勝トロフィーや賞状が飾られていた。啓人が投げて、勝ったものだ。当然和人は出場していない。

ふと本棚の中に大学ノートの束を見つけた。和人には見覚えのないものだ。

引っ張り出してそっと開いてみると、中身は啓人の練習日誌だった。一冊ではない。十数冊もの練習日誌だ。その日の身体の状態や練習内容、今後の課題や克服方法がよれよれの大学ノートにびっしりと啓人の字で書き込まれていた。その全てが、啓人の記録だった。

この記録の中に、和人はいなかった。

目眩《めまい》を覚え、心臓の動悸《どうき》が激しくなる。不安の正体がわかった。

この世界で和人は自由を手に入れた。好きなように動き回って、会話を楽しむことができ、風景を愛《め》でることができる。世界はたしかに美しかった。学校の友人も野球部の仲間も、ちゃんと心のある人間だった。

けれど彼らの心の中に、和人はいない。

彼らが見ているのは啓人で、話し掛けているのは啓人で、決して和人と向き合ってはいなかった。

この世界に、和人の居場所はなかったのだ。

練習日誌を放り投げ、和人は家を飛び出した。

辺りはすでに夜の帳《とばり》が降りていた。足音が暗い夜に吸い込まれていく。自分の姿が闇の中に溶け込んでいってしまいそうだった。

とにかく走った。誰も啓人のことを知らない、どこか遠くへ……。けれど足元がおぼつかない。そこに地面があるのか、わからない。走っている感覚が徐々に失われ、世界が曖昧なものに見えてくる。激しい心臓の鼓動だけが、まだここに和人が生きていると教えてくれた。

やがて和人は足を止めた。ただしそれは体力の限界が来たわけでも、不安を振り払うことができたからでもなかった。気がつけば目の前に公園があり、見知った影を見つけたからだ。

そこに、純平がいた。この世界で唯一、和人のことを和人だと間違いなく認識して、接してくれる人間だった。

小さな街灯を頼りに純平は素振りをしていた。夜になりだいぶ涼しくなってきたとはいえ、純平が一振りするたびに汗が舞う。一体いつから練習しているのか和人にはわからない。静かな公園でバットが風を切り裂く音だけが、やけにはっきり聞こえた。

ぼんやりと和人は純平の姿を見つめていた。今にもしぼんで消えてしまいそうな光の中で、純平はバットを振り続けていた。

そうして何度も虚空を切り裂いていたバットの動きが、唐突に止まった。

「なに見てるんだよ」

視線は前を向いたまま、純平が声を上げた。

「……見てちゃ悪いのかよ」

つい乱暴な言い方になってしまった。バレていたのだと取り乱すのを隠すので和人は精一杯だった。

誰もいない暗闇を睨みつけながら純平は答える。

「悪いよ。お前の姿が視界に入ると鬱陶しい。集中できないんだよ。晴れて自由の身になったんだろ。だったら俺なんかに構ってるな。どっかに消えろよ」

こちらが啓人ではないとわかっているからか、気遣いなど微塵《みじん》もない明らかな敵意をぶつけられる。

それなのになぜか、和人はそのまま立ち去る気にはならなかった。

「そうだよ。俺は自由になった……自由になった気でいたんだよ。けど全然自由じゃなかった。俺は啓人でいることを求められて、ここで生きていくにはそれしかなくて、結局見えないなにかに縛られているんだ」

「だったらいっそ野球部を辞めて、どっか遠くにでも行けばいいだろ」

「……それでいいのか？」

「さあな」

中途半端な返事をして、純平は素振りに戻った。

いや、中途半端なのは和人のほうだった。今の和人は啓人の積み上げた過去の上に立っているだけの存在だ。純平の言うとおり、野球部も学校も辞めて、啓人のことを誰も知らない遠くへ行けば、和人として生きていけるのかもしれない。もしくは周囲の人間がそう思っているように、和人自身の過去を捨て去って啓人として生きればいい。たったそれだけのことなのに、和人の身体は息苦しさを覚え、頭の中は鈍色《にびいろ》の感情に苛《さいな》まれてしまう。まるで生きることも死ぬことも拒否しているかのようだった。

見上げた空は、曇っていた。厚い雲が重なり合っているせいで、雲の切れ間は見えない。星のない暗い夜空の下で、純平は素振りを繰り返していた。

「なあ、いつまで続けるんだよ」

「お前には関係ないだろ。それに、どうせ振らなきゃ眠れないんだ」

「なにをそんなに頑張ってるんだか」

「俺は、啓人を取り戻す。なにがなんでもな」

「取り戻すって、実際どうする気だよ？」

「わっかんねぇよ！　でも、取り戻さなきゃいけないだろうが！　ここに啓人がいなくて、それでいいわけねぇだろうが！」

声を荒らげる純平。昨日のように摑みかかってくるどころか、今日は金属バットで殴られそうな勢いだったが、全身から熱気を放つ純平を、和人はぼんやり眺めていた。

「俺がいなくなったとき、啓人もそんな気持ちだったのかな……」

自分を売ってあんな目に遭わせた啓人のことは、どれだけ憎んでも憎み足りない。けれど啓人も、ずっと後悔を抱えて生きていたのだろうか。

「知るかよ………そうか！」

ハッとなにかに気づいたように、純平は構えていたバットを降ろした。

「啓人がやって見せたように、甲子園の決勝でわざと負ける……そうすりゃ大金が手に入るんじゃ……その金で啓人を取り戻せる……」

「無駄だ。それだと、一千万円しか手に入らなかったんだろ。あのふざけたガイコツのことだからたぶん、買い戻すには足りないぞ」

「うるせぇな。くそっ……じゃあ、どうすりゃ……」

苛立《いらだ》たしげに唇を嚙み締める純平。しばらく俯いて、低い声で唸りながら熟考していたかと思うと、ゆっくりと純平は和人を見た。

「……だったら、負け方を変えればいい」

「どういうことだよ？」

あまりに真剣な表情に、つい和人は聞き入ってしまっていた。

「九回までにこっちが大量のリードを奪って、そこから負けるんだ。甲子園史上に残る大逆転負け。このシナリオをあらかじめ提示しておくんだ。クソったれの野球賭博の連中に」

純平のぶっ飛んだ計画に、和人は目を丸くする。しばし呆然と固まった後、口から嘆息が漏れた。

「なんだよ、その無茶苦茶なシナリオは……」

「あいにくウチのチームはヘボピッチャーなもんでな。逆転負けってのは意外と簡単にできそうだ」

「違うだろ。甲子園なんて無理に決まってる。それはお前が一番わかってるはずだろ」

エースは、啓人はもういないのだから。

けれど純平は真っ直ぐに和人を見据えて言う。

「だったらなんだよ。相手が強いからとか、ピッチャーがいないからとか、目標がどれだけ困難でも、それは俺が努力しない理由にはならないだろ」

「それが無駄な努力だって、わかっていてもか?」

「無駄じゃねぇ……無駄にして、たまるかよ」

ぐっとバットを強く握る純平の中に、硬い芯のようなものを感じた。

なぜだか和人は無性に苛立った。

「お前一人が必死になったところでどうなる？　努力は必ず報われる、なんてのはただの理想だろ」

「ごちゃごちゃうるせぇ！　啓人は一人でやったんだ。だったら俺だって一人でやってやるんだよ！　それに、どうせこんなこと話しても、誰にも信じてもらえないだろうし……だったら俺一人で、やるしかねぇんだ！」

本当にたった一人で、周囲の全員を欺《あざむ》いてでも、やり遂げる気でいるのだろう。だが彼の言うことは間違っている。信じてくれる人間はいるのだ。

確実に、ここに一人。

「どうして俺に協力しろって言わないんだよ？」

「啓人はお前を自由にするために投げたんだ。だから俺は、自由になったお前の人生にとやかく言うつもりはない。好きに生きろよ。お前に強要するつもりはないし、お前に頼る気もない」

自分を知る唯一の人間は、自由に、好きに生きろと、そう言った。

和人自身それを望んでいた。和人は自由を求めていたはずだ。それなのに血液が逆流したかのように顔が熱くなる。どうしてか、指先の震えが止まらなかった。

「なんだよ、それ……本当はぶん殴りたいほど俺にムカついてるんだろ？　甲子園なんてろくに目指してもいない俺にさ。首輪つけて無理やり練習させてでも、俺を啓人と同じくらいのピッチャーにしたいんじゃないのかよ？　さっきから聞いてりゃ啓人がいないのは間違っているだの、どれだけ困難でも努力するだの、正論並べてカッコつけて……俺は、そんなお前が大嫌いだ！」

この苛立ちをぶつけなければ気がすまなかった。

和人が自由を手に入れた当初、純平は激しく詰め寄ってきた。『お前のせいだ！』と親の敵のように迫ってきた。それでも和人のことを認識してくれる人間がいることで、和人はこの世界に生きているのだと実感することができたのだ。

それなのに、今の純平は和人のことなどいてもいなくても変わらないと、協力を求めることもせず、ただ一瞥《いちべつ》してバットを構え直した。

「ああ、俺もお前が嫌いだよ。啓人を奪ったお前が……友達にはなれそうもない」

素振りに戻った純平はぎゅっとバットを握りしめ、豪快なスイングをした。ブゥンと風切り音がした後に「ただ」と付け加える。

「啓人はお前を取り戻すのに必死だったよ」

「………そんなこと……言われなくても、知ってるんだよ」

呟いた声は和人自身にも声になったかどうかわからないほど、小さく掠れたものだった。

部屋で見つけた啓人の練習日誌。あのびっしりと埋められた書き込みの全てが、啓人の努力であり、啓人の生きた証《あかし》であり、そこには和人を自由にするという想いが込められていたのだ。全てを背負って啓人のフリをして生きていくには、それはあまりにも重すぎた。

「まあお前が協力しようがしまいが関係ねぇけど。俺はもう、やるって決めたから」

「なんで、そこまで……」

「キャッチャーってのは、ピッチャーがいないとなにもできないんだよ」

普通は逆の言葉だろうと思ったが和人は口には出さず、続く言葉に耳を傾けた。

「いなくなるまで考えたこともなかったけどな。啓人はいつも俺のサインどおりに、構えたところに投げてくれて、当たり前のようにバッターを抑えてくれて……あいつの球がミットに収まると、気持ちいい刺激が掌《てのひら》から全身に伝わってくるんだ。ずっとこの刺激と共に野球をやっていくんだと、そう思ってた。啓人の存在感がどれほど大きかったかなんて、お前に言ってもわからないだろうけどさ」

不思議と嫌味には聞こえなかった。話す純平の横顔がどこか寂しそうに見えたからだろうか。

遠くで飛行機の飛ぶ音が聞こえる。しかし分厚い雲に隠れてその姿は見えなかった。

「あいつは俺にとっての太陽で、あいつがいたから俺は真っ直ぐ歩いていけた。けどあいつがいなけりゃ俺はどこへ行ったらいいかわからない。闇の中を歩いているのと変わらねぇ。あいつがいなきゃ俺の野球は始まらないし、あいつを取り戻さなけりゃ俺は死んでるのと変わらないんだ」

なにを大袈裟《おおげさ》な、と思ったが、純平も自分と同じだった。

啓人がいなくなって道しるべを失い、彷徨っていたのだ。だからこそ、なにも見えない暗闇の中で微《かす》かな光を見つけ、そこに向かって走るしかなかったのだ。

光を求めて、和人は空に目をやった。

けれど光なんてどこにもなかった。まるで空にも暗闇が広がっているようだ。雲に覆われた空はひどく曖昧で、明確なものはなにも映し出していない。結局和人は、一生この暗い不安にまとわり憑《つ》かれたまま生きるしかないのだ。おそらく、純平も……。

そう悟ってしまった瞬間、和人の行く道は定まった。

この暗闇を払う方法はただ一つ。啓人と同じことを……いや、それ以上のことをやるしかなかった。

「いいぜ………やってやるよ」

胸から溢《あふ》れ出た言葉が、和人の口の端から漏れた。

「あ？」

「甲子園の決勝で、誰も見たことないような逆転負けをやってやるって言ってるんだよ」

啓人の代わりとして、なに食わぬ顔でのうのうと生きていく自分も。

全てを野球に捧《ささ》げて、結果敗れ去ってしまう自分も。

どこに行っても逃げられない、悪夢しかつきまとわないのなら、とことんまで戦ってやる。

ただし自由と引き換えにこんな暗闇を押しつけてきたのだ。どこまで許せるのか、今の自分にはわからない。けれど少なくとも、今度啓人に会ったらこれ以上ない力で一発ぶん殴ってやろうと、和人は胸の内で誓った。

「覚悟はあるのか？　啓人は死ぬ気で練習してたよ。半端な覚悟じゃなかった。ましてやお前なんかじゃ、あそこにたどり着けるかどうか……」

冷たい眼差しを向けられる。和人が純平に対して抱いていた諦観と同じようなものを、純平もまた和人に感じていたのだろう。

その瞳を真っ直ぐ見返し、和人は言う。

「だから俺も死ぬ気で目指してやるって言ってるんだよ。それにお前は、ピッチャーがいないとなにもできないんだろ？」

「じゃあ投げてみろよ。その覚悟がどんなもんか、見てやる」

バットを置いて、代わりにミットを手にとる純平に、疑問が浮かんだ。

「なんで一人なのにミット持ってるんだよ」

「……この時間は、いつも啓人と練習してたからな」

いつも、とは毎日ということだろうか。『この後の予定は？』そう尋ねた昨日の美咲の顔がふと頭に浮かんだ。

キャッチボールで肩を温める。グラブのない和人に気を遣って純平は軽く投げてくれていたが、それでも硬球を受け止めると手は痺れた。身体が徐々に熱くなってくる。一球ごとにボールから伝わってくる熱が、全身に広がっていくのがわかる。この暗闇の世界で生きる意味はこれしかないと、求める光はこの先にしかないと、教えてくれるようだった。

十分に温まってきたところで、なにも言わずに純平が座った。こちらも無言でボールの縫い目に合わせて指をかけ、思い切り腕を振るう。

闇夜を切り裂いた白球が、純平のミットに収まる。構えた場所からはだいぶ離れていたが、乾いた音は心地よいものだった。

「お前の球……真っ直ぐだけなら、たぶん啓人より速いぞ」

ふわりと山なりのボールを投げ返しながら純平は言う。

あくまで和人をピッチャーとして育てるため、気持ちよく投げてもらうために褒めたのかもしれないが、それでも和人の顔は自然と熱くなってしまう。

この世界で和人の存在を認めてもらえた気がした。

「ノーコンな上に変化球もないから今のままじゃ役に立たないけどな」

気のせいだったかもしれない……。

こちらの様子を察したのか純平が鋭い視線を寄越した。

「あくまでこの道を決めたのはお前だろ。足りないところは遠慮なく言うさ。友情がどうとか、高校生活の思い出作りのために仲良く楽しく、なんて気は毛頭ない。俺はお前が嫌いなままだし、それでも目的が同じならやっていけるとも思う」

突き放したいのか、協力したいのか、判然としない。掌で白球を弄《もてあそ》びながら、思わず和人はどっしりとミットを構えている純平を見つめた。

「つまりなにが言いたいんだよ？」

「別に……俺たちの関係をはっきりさせておこうと思っただけだ」

「なんだよそれ。お互い目指すところは同じなんだろ。あとはどっちも、やれることを必死にやりゃそれでいいだろ」

それしかないように思う。

今できる全力の投球を和人はする。しかし投げたボールはまたしてもストライクから大きく外れた。少し力が入っているのかもしれない。

「俺が言いたいのは……他のスポーツでもそうだけど、チームってのはただ個人が集まってもダメなんだよ。上手く機能させるには、共通の目標と信頼できる関係性が必要だ」

個人の集まりではなくチームとしてまとまればその力は何倍にもなるという、ありふれた話だった。それでも、さすが甲子園の決勝までいったキャッチャーの言うことには説得力があった。共通の目標はすでにある。あとは関係性ということだろう。

けれど二人の関係性なら、もう答えは見えているようにも思う。

「そんなの、ピッチャーとキャッチャーなんだから、相棒ってことでいいだろ」

「それは認めない。俺にとっての相棒は啓人だけだ」

即答だった。どうやらそこには純平にとって譲れないものがあるようだ。

「あっそ。じゃあ俺たちの関係はなんだよ。相棒でも、友人でもないんだろ？」

それ以下の関係で果たして相乗効果が生まれるのか、和人には甚だ疑問だ。

ミットを構える純平は少し考えるように長く息を吐き、やがて和人の姿をしっかりとその瞳に映し、

「ま、せいぜい共犯者ってところだ」

微かに笑ったように見えた。

少しだけ肩の力が抜ける。

涼しい夜風が火照った身体に心地よかった。

吹き抜ける風に乗せて、和人は手の中のボールを投げる。

「……悪くないな」

ど真ん中のストライクだった。

# 第二章　それぞれの覚悟

グラウンドでは、土埃が舞い上がっていた。

風に乗って流れる土埃に、近くで練習中のサッカー部や陸上部は視界が悪くなるが、彼らが抗議の声を上げることはなかった。不満そうに顔をしかめる者もいたが、一向におさまる気配のない土埃は、彼らに近づきがたい雰囲気を放っていた。

「ほら、ペースが落ちてるわよ。チンタラ走っても意味ないでしょ！」

パンと手を叩く合図と共に、野球部員たちが一斉に走り出す。

普段の練習でもやっている20メートルダッシュだ。だがその動きはいつもよりだいぶ遅い。

それもそのはずで、ベース間より短い距離を行ったり来たりするだけだが、もう何十往復とそれを繰り返していた。

具体的な本数は決められていない。少しの間隔をあけて打ち鳴らされる美咲の手拍子に合わせて、彼らは走り続けていた。

「くそがっ……走ってばっかのこんな練習意味あるのかよ」

「それな。試合近いんだから、もっとボール使った練習やったほうがいいだろ」

「ちくしょう……甲子園負けたからって、俺らに八つ当たりしてるだけじゃ……」

何人かの部員たちから恨み節のような小言が漏れ聞こえる。

「ハア、ハア……この練習、どう思う？」

彼らを横目に呼吸を整えながら、和人は隣にいる純平に尋ねてみた。

「意味はあるだろ。野球は打ったら走らなきゃいけないスポーツだしな」

「……そりゃそうだ」

「お前は、藍沢の野球ノートとか見たことあるか？」

「いや、ないけど」

「ウチのチームの分析はもちろん、他校のデータもびっしりだぞ。甲子園で決勝に行けたのも、啓人だけじゃなく、藍沢が相手校をキッチリ調べ上げて長所も短所も丸裸にしてくれたおかげだ。親が社会人野球の監督やってるなんて噂もある。案外この練習も、お前の制球力を気にして足腰鍛え直すために走らせてるのかもしれないぞ」

「そうなのか？」

多少疲労の色が見えはするものの、他の部員たちと違い純平はまだ余裕がありそうだった。おそらく啓人もこれくらいは問題なくこなしていたのだろう。

まずは野球選手としての土台作りからか……。

やるべきことを考えていると、突然頭上から輪っかのようなものを被せられた。

「ぺちゃくちゃ喋ってずいぶん余裕そうだから、プレゼントをあげるわ」

顔を上げると周りの野球部員たちの顔が引きつる中で、美咲だけが冷たい微笑を浮かべている。

「残りのダッシュ、タイヤ引いていってみましょうか」

　和人の腰の辺りにはゴム製の輪っかが巻かれており、掛けられたゴムの先には見るからに重そうな黒い塊が『俺も連れて行け』と主張しているようだった。タイヤと純平を一瞥し、和人は言う。

「見ろよ。こいつが俺の相棒らしいぞ――」

「次いくわよ。ヨーイ、ハイッ！」

　皮肉はパンと鳴った合図に掻き消されてしまう。歯を食いしばって太ももを拳で叩き、和人は地面を蹴った。


「悪かったわね」

　帰り道の途中、並んで歩く美咲が小さな口を開いた。空は薄《う》っすら暗くなり、足元に伸びる影は身体をすっぽり包むほど大きくなっている。

「……なにが？」

　唐突の謝罪に心当たりがなく、和人は首を傾げた。

「今日の練習のこと。和人だけタイヤ引かせて、つい標的にしてしまって……和人はいつも文句言わずに、黙ってやってくれるから」

「あれって俺の足腰鍛えるためにやらせてたんじゃないのか？」

「それもあるけれど、鍛えたかったのはむしろ他の連中。先輩たちがいなくなって、みんな少し気が緩んでるのよ」

「そういや試合近いのに練習が厳しいって愚痴ってたな」

「いくら和人がいても総合力は落ちてるんだから、みんなにはもっと危機感もってほしいのよ。和人ですら体力作りしっかりやってるんだって見せつけて、チームの気を引き締めたかった。まあ都合よく利用したってわけ。ごめんなさい」

「気にするなよ。それでチームが強くなるなら問題ない」

強がりではなく、心からそう思った。それが意味のある練習なのだとしたら、謝る必要はないと。

「そう言ってもらえると助かるけど……やっぱりあたしのやり方は厳しいかしら？」

「どうだろうな。わからない」

正直な感想を口にすると、美咲は小さく嘆息した。

「和人はいつもそうね」

「……そうか？」

思わず聞き返してしまう。いつもと言われても、和人にはその『いつも』がわからない。こんなとき、啓人ならばどう答えるのだろう。

「そうよ。一緒にいてもどこか上の空で、肝心なことはなにも言わないでしょ」

「……そうかもな。けど俺は、本当にわからないんだよ」

「なによ、それ」

「たしかに練習は厳しいと思う。俺だってキツいと思うこともある。けどさ、美咲の言うことは厳しいけど……でも正しいんだろ？」

「え？」

きょとんと足を止めた美咲は、長いまつ毛をパチパチと上下に動かしていた。

和人や純平はついピッチングにばかり目がいってしまいがちだか、彼女はチームとしての全体を見ている。啓人が一目置いていた理由も、おそらくそこだろう。

「俺はわからないことだらけだよ。だから純平や美咲の言うことに従うのは当然だ。だから教えてくれよ。どうすればもう一度あの舞台まで行ける？」

甲子園を和人だけは経験していない。エースの啓人がいてこそだろうが、それでも夏の甲子園準優勝のチームを作ったのは彼女なのだ。ならば彼女を信じることしか和人にはできない。

「……今より厳しくなるかもしれないわよ？」

「それが勝つために必要なら、そうするべきだろ」

真っ直ぐに美咲の瞳を見つめて言うと、彼女はフンと小さく鼻を鳴らした。

「そう……じゃあ、遠慮なく言わせてもらうわよ。全部の試合で相手チームの得点を〇に抑えて」

「遠慮なさすぎだな」

「冗談よ。和人は自分のピッチングをすればそれでいいわ。チームはあたしが強くするから」

美咲の瞳に自信と意志の光が宿っていた。足どりも心なしか軽くなっている。

そんな美咲を見ながら、彼女の言う『自分のピッチング』について、和人は考えてしまう。辺りがすっかり暗くなった夜の中で、和人は鉛のように重くなった足をそれでも前に突き出した。

＊

二学期が始まってすぐに、秋季大会が始まった。県内のどの学校も三年生が引退して、八月からは二年生主体の新チームでみっちり練習してこの大会に臨んでいるはずである。唯一、甲子園に出場した和人たち春星高校だけが新チームになって間もない。主力だった三年生がごっそり抜けて代わりにスタメンに入ったメンバーでの実戦経験はほとんどないのだが、チームの雰囲気はいたって陽気なものだった。

「おい見ろよ。浦川《うらかわ》のマネかわいくね？」

「おっ、ほんとだ。でもきっとむこうもウチのマネ見てそう思ってるよなぁ」

「性格はあっちのほうが断然可愛《かわ》いっしょ」

「やべぇよ、俺ショートでスタメンとか初めてだよ。ちゃんとゲッツーとれるかな？」

「バーカ。和人が投げるんだからたいした球は飛んでこねぇよ。なあ？」

「……ああ、そうだな」

話を振られた和人は曖昧に返事をしておく。

どうやらこの空気は、甲子園準優勝投手が簡単に打たれるわけがないという安心感がもたらしたものらしい。チームの気を引き締めたいと言った美咲の気持ちが、和人には彼女以上によくわかった。なにせそのピッチャーが一番の問題なのだから。

相手の東陵大付属《とうりょうだいふぞく》浦川高校は近年甲子園からは遠ざかっているが、部員の多くがシニア出身のスポーツ推薦で入学している者たちで、決して侮れないチームである。

「みなさん、いつもどおり頑張ってください」

ベンチに腰掛けた顧問の佐藤までもが、のんびりとした口調で言う。

それでもチームの中に微かな緊張感があるとすれば、隣に座るマネージャーのおかげだろう。スコアブックを広げた美咲は、試合前の守備練習から部員たちに鋭い視線を送っていた。

試合は浦川高の先攻だった。グラブを嵌めてマウンドに向かう和人に、美咲から声が掛かる。

「相手の一番、足があるから気をつけて」

以前に純平が美咲の野球ノートについて話していたが、新体制になったばかりの、それも初戦の相手チームのデータがあることに、感心よりも驚きのほうが大きかった。

軽く投球練習をした後、打席に一番バッターが入り、審判の「プレイ！」の声が響き渡る。

キャッチャーミットは、ど真ん中だった。相手バッターをなめているわけではない。この数日でストライクはかなりの確率で入るようになったが、それだけだ。試合前に純平と話し合い、今の和人なら真ん中に投げても球が荒れて勝手にいいコースにいってくれるだろうという結論からだった。ちなみにまだ変化球は身に付けていない。

観客席はベンチに入れなかった部員と熱心な保護者がわずかにいるだけで、甲子園の舞台とはほど遠い。ふと見上げた空は、灰色だった。

初球、和人は思い切り腕を振る。乾いた音を立てて、ボールがミットに収まった。

「ストライクッ！」

審判が声を張り上げるが、バッターは落ち着いた表情でバットを構え直した。

純平からの返球を受け、小さく頷く。ただし二人の間でサインは決めていない。そもそも真っ直ぐしか投げることができないのだからサインなど必要ない。あたかも変化球があるような仕草を相手にチラつかせているだけだ。

二球目は低めに外れてボールだった。

相手のバットはピクリとも動かなかった。打ち気が感じられないと同時に、ボールの軌道をじっくりと観察していたようにも見える。

ただし三球目は振ってきた。バットが硬球を叩く金属音が響いたが、打球は真後ろに飛ぶファウルだった。2ストライクと追い込んだが、続けて投げた球もファウルにされてしまう。

相手バッターはバットを極端に短く持った構えだった。際どいコースは全部カットし、少しでも和人の球数を増やしたいのだろう。外角低めに投げればバットは届かず簡単に三振にできそうだが、今の和人にそれほどのコントロールはない。できるのは純平のミット目掛けて、とにかく投げることだった。

そうしてファウルで粘られた十二球目。インハイの直球に相手バッターは手が出なかったが、わずかに外れてフォアボールとなった。

バッターがゆっくり一塁へと進むのを、和人はマウンドからじっと見つめていた。

次のバッターが打席に入り、ゆっくりと投球動作に入ると、

「ランナー！」

誰かの叫び声が聞こえたが、もう止まれない。投げたボールは低めに外れた。捕球し

た純平はすかさず立ち上がるが、二塁へ送球はしなかった。

　さらにランナーを進ませようと、バッターはバントの構えをとる。投球と同時に和人は猛ダッシュするが、相手はサッとバットを引いて見送った。やはり、こうやって少しでも和人のスタミナを奪う作戦なのだろう。純平が内野に前進守備の態勢をとらせた。

　それでもバッターはかわらずバントの構えだった。地面と平行に突き出された銀色のバットが、キャッチャーミットを隠すようにふらふら動いており、鬱陶しい。

　余計な球数を増やしたくないのだろう、真ん中に構えたままの純平のミット目掛けて投げると、

「バスター！」

　甲高い金属音と純平の声が同時に響いた。打球はファーストの脇を抜けていき、あらかじめスタートを切っていた二塁ランナーは悠々ホームを踏んだ。あっさりと先制点を許してしまう。

「ドンマイ、ドンマイ！」

「バッター集中！」

　バックの声を背に受けながら、和人は次のバッターに向き直った。

　だが、打たれた。打たれた。打たれた……。

　その日和人は、四回途中にマウンドを降ろされるまでに七点を失った。

試合は十二対一で五回コールド負け。

そうして和人たちの秋季大会は幕を閉じた。

×　×　×

秋季大会の敗戦から数日が経《た》った。

数日経っても、矢久原純平は苛ついていた。

夜遅く、ボールがミットに収まる乾いた音が静かな公園に響いている。二人で啓人を取り戻すと誓ったあの日から、純平はこうして毎晩和人のピッチング練習に付き合っていた。構えたミット目掛けて淡々と和人がボールを放ってくる。そのたびに純平の心はざらつくようだった。

「……ずいぶんと落ち着いてやがるんだな」

「なにが？」

返球しながら、純平が口にした言葉に和人は首を傾げた。

「たかが県大会の、それも一回戦で負けたのに……平気な面で練習するもんだと思ってな」

「練習しなきゃ、勝てるようにはならないだろ。必要ないなら、練習しないけど？」

「そういうことじゃない。もっと落ち込んだりとか、ショック受けたりとか――」

「それって必要か？」

　直球の質問に、咄嗟に純平は言葉が出てこなかった。続けて和人は言う。

「たかが県大会でも簡単に勝ち抜けないことくらい、最初からわかってただろ」

「……けど仮にも甲子園準優勝のチームだ。打線が一点しかとれずにコールド負けなんて、予想してなかったんじゃないのか？」

　秋季大会で負けることは純平も覚悟していた。それがよもやの一回戦コールド負けになるとは思っていなかったが、それはそれで純平としては都合が良かった。

　これで和人の真意が見極められる。

『甲子園の決勝で逆転負けを演じる』

　そこにたどり着くまでがどれほど大変か、和人が本当に理解しているか半信半疑だった。味方が甲子園準優勝チームだからと軽い気持ちで口にしたのだとしたら、それは大きな間違いである。

「なんだそりゃ。啓人がいなくて三年の先輩も抜けて、もう甲子園準優勝のチームとは別物だろ」

「それは、そうだけど……」

　どうやら今のチーム状況を、わかってはいるようだ。

その上で甲子園の決勝を目指す和人の意志に揺るぎはない。本来それは喜ばしいことのはずなのに……。

なぜ？　そう思わずにはいられなかった。

目標は明確で、限りなく困難だ。そのため部活動以外の時間もこうして毎晩練習に励んでいる。地味な基礎トレーニングを繰り返し、純平のアドバイスにもしっかりと耳を傾け、和人の制球力は確実に向上している。練習にとり組む和人のその姿勢は真面目の一言に尽きる。だが……。

どうしてそれほどまでに平然としていられるのか。試合に負けた悔しさも、チームの弱さへの焦燥も見られないその姿が、かえって純平を苛立たせていた。

振りかぶった和人から白球が放たれる。ほんの一瞬、白球は暗闇に隠れ見えなくなるが、すぐにボールがミットに収まる感触が訪れた。

「それにお前が言ったんだろうが。相手が強いとか、味方が弱いとか、それが努力しない理由にはならないって」

「……どっちも甲子園の決勝を目指すには絶望的なんだがな」

「ハハッ、なに言ってんだよ。本当の絶望ってのはな、真っ暗でなにも見えなくて、意識はあるのになにも考えることができないような、そういうのを絶望っていうんだよ。こんなのが絶望とか、笑わせるなよ」

街灯の下で、和人は呆れたように肩をすくめていた。

今のチームでどうやって勝ち上がっていくか、それは純平がもっとも頭を悩ませている問題のはずなのに、軽く笑い飛ばされてしまう。自分が酷《ひど》くちっぽけな存在だと言われているような気がして、純平の内心はひどく焦げついた。

「それに、負けたのは俺の責任だろ」

「あ？」

「俺が打たれたから負けた。もしも啓人が投げていれば、たとえ味方の援護が一点でも勝っていた。そうだろ？」

静かな口調で問われ、純平は返答に窮してしまう。

もしも啓人が投げていれば？　あるいはそうだったかもしれない。しかし今の和人にそれを求めるのは酷だということもわかっている。けれど、

「ああ、そうだよ」

口を突いて出たのは肯定の言葉だった。

自分を嫌なヤツだと思った。それでも一度開いた口は止まらない。

「立ち上がりからフォアボールでランナー出して、次の打者にはカウント稼ごうと甘く入った球を打たれて先制されて、そこからズルズルと……まあ一言で言えば最悪な内容だったたな」

「悪かった……バント警戒しすぎて簡単に打たれちまった」

「それだよ。ストレートの威力だけはあるんだから、お前がしっかり腕振っていればあんな強い打球は飛ばなかったはずなんだよ」

「……そうか」

たしかに初回のあの場面、和人本来の伸びのあるストレートならば凡打になる可能性が高いと踏んでいたが、純平が指示した前進守備が裏目に出たのもまた事実だった。

そもそも和人は初めての公式戦のマウンドなのだから、ランナーを気にしてバッターに集中できないことくらい十分に予想できたはずなのだ。キャッチャーとして一度タイムをとって落ち着かせるということもできた。それをしなかったのは、純平だ。構えもほとんど、ど真ん中を要求した。自分の実力をわかってもらうために、あえて和人には真っ向勝負ばかりをしてもらったのだ。

ピッチャーとキャッチャーは一心同体。なら失点の半分は純平にも責任があった。そしてエースとチームは一蓮托生《いちれんたくしょう》。だが味方の援護はたったの一点だけだった。

それなのに和人は純平を責めることなく、チームの愚痴をこぼすこともなかった。いっそ苛立ちの一つでもぶつけてくれたほうがわかりやすいのだが、秋季大会が終わってからもずっと、和人は苛立ちや不安どころか疲れすらも感じないかのように、言われた練習を淡々とこなしていた。

純平もたいていの練習は和人に付き合うが、それだけだ。同じ目的に向かっているはずなのに、別の道を歩いているような気さえする。

さきほどの言葉を真に受けるならば、敗戦を全て一人で背負っているのかもしれない。そうだとすれば『共犯』を言い出した手前、責任を全て押しつけるのは申し訳ない気もした。

「まあセットポジションなんかはこれから慣れていけばいい。少しずつ、やれることからやっていくしかないからな」

「……それで本当に来年の夏、負けるところまで行けるか？」

暗くて和人の表情はよく見えない。ただその言葉は夜の闇を吸い込んだようにずっしりとした重みを持っていることだけはわかった。

「……いや、勝ち進めば真っ直ぐだけじゃ抑えられないのは目に見えてる。やっぱり変化球がないと厳しいだろうな」

「なにを覚えればいい？」

「チェンジアップとスライダーは欲しいところだな。特に啓人のスライダーは対戦相手にとってかなりの脅威だったと思う。ほぼストレートと同じ軌道でバッターの手元で動くから、内野ゴロやゲッツー欲しいときに有効だったんだよ。まあいきなりお前にそこまでは求めてないけど……」

「わかった」

ついここにはいない啓人と比べてしまったが、和人は静かに頷くだけだった。

少しだけ、啓人に似ていると思った。見た目ではなく雰囲気が……。

要求すれば啓人はたいてい応えてくれた。それが無茶なものだとしても、応えられるように努力してくれた。試合に負けても周囲に不満を漏らすことなどなく、黙々とピッチング練習に励んでいた。

今の和人も同じように練習に励んでいる……しかし投げる球は、啓人とはまるで別物であった。啓人の球には熱がこもっていた。ときにはバッターに対して殺気のようなものまで放っていた。

だが和人からはなにも感じない。今もミットに放り込まれた球からは、なにも読みとれない。なんの感情も伝わってこず淡々と放られる球は、ただただ不気味だった。

自分はキャッチャーなのに、ピッチャーのことがなにもわからなかった。

しかし思えば啓人もそうだった。自分にとって唯一人の相棒だと思っていたのに、彼のことならなんでも手にとるようにわかると思っていたのに……。彼がなんのために、なにを思って投げていたのか、純平はまるでわかっていなかった。

夜が深まるにつれ手が痺れてきたのか、ボールを受け止める感触すらも曖昧なものになってくる。

気がつけば、なにもわからない自分自身に純平は苛ついていた。

×　×　×

ここ最近、野球部のマネージャー兼監督役である藍沢美咲もまた荒れていた。

放課後のグラウンドでは野球部員たちが汗を流して練習している。

「バッチコーイ！」

だがその掛け声もどこか気が抜けていた。野球部全体の空気が緩んでいるのだ。顧問の佐藤は野球練習になど興味がないのだろう。いつものごとくベンチに座って本を読むだけだ。そして多くの部員たちもまた、この台風が通り過ぎた後のような生温かい空気を受け入れている節がある。

締まりのない練習風景は、見ていて不快ですらあった。胸の前で組んだ二の腕に美咲自身の指が食い込んでいく。

原因はわかっている。あの夏の甲子園が終わり、三年の先輩たちが引退し、さらに数少ない公式戦である秋季大会があっさり終わってしまったこと。そしてなにより、エースの不調だった。

甲子園が終わってからというもの、和人の投球は精彩を欠いていた。先日の秋季大会など四回途中で七失点もした。以前の彼からは考えられない。

グラウンドの隅で投球練習を行っている彼のほうへと目をやる。数球投げるごとに、キャッチャーの純平と話し合っていた。彼らが部活動以外の時間も二人で練習していることは知っている。ただ最近どうも二人の様子がおかしい。

そっと彼らのほうへと足を向け、その投球に目を凝らす。

やっぱり……気にはなっていたが、近くで見れば明らかだった。

「ねぇ。もしかして肩、壊したの?」

「ん……心配するなよ。壊れるほどまだ使ってない」

こちらを向いた和人が冗談交じりに答えた。

けれど和人の投球フォームは以前と微妙にだが、それでも美咲の目からは違って見えた。納得がいかず、美咲は聞き方を変えてみる。

「じゃあこの間の試合、変化球を投げなかったのはなんで?」

「………」

彼はなにも言わなかった。

やはり、なにかを隠している。

彼はいつも肝心なことは言ってくれないのだ。

「ちょっとな。投球フォームとか、色々と改造中なんだよ」

答えたのはキャッチャーの純平だった。

「フォームの改造って……別に無理して変える必要ないでしょ」

「その言葉、甲子園終わった直後のコイツに言えたか？」

「それは……」

言えるわけがない。優勝まであと一歩というところで負けたのだ。エースとしての重責を抱えていた彼のショックは計り知れないものだったろう。

美咲も泣いた。ベンチでは必死に堪《こら》えていたが、ホテルの部屋に戻って一晩中泣き続けた。それでも自分にはもう一年あると、来年も和人がピッチャーなら大丈夫だと言い聞かせることで、なんとか立ち直ることができたのだ。

しかしその和人がこの調子では……。

「和人のストレートが夏に比べて速くなっているのは気づいてるだろ？」

「まあね。でもその分コントロールがお粗末になったわ」

「それも徐々に良くなってきてる。まずはストレートをものにして、それから変化球に手をつけたかったんだよ」

「じゃあ今は変化球の練習もしているの？」

「ああ、最近始めた」

「……いいわ。どんなものか見てあげるから投げなさい」

その球筋を確かめようと美咲はキャッチャーミットを構える純平の後ろに回った。

振りかぶった和人が腕を振るう。

一直線に突き進んでいた白球が、真横に滑った。

投げた球はおそらく、スライダー。

続けてもう数球投げてもらう。その軌道に美咲は眉をひそめた。

「……もれなくバッター全員殺す気？」

まともにストライクに入っていない。乱れに乱れた球は、どれもキャッチャーが腕を伸ばしてギリギリ捕れるか、というようなボールだった。

「まだコントロールは全然だが、しっかり変化はしてるだろ」

確認の視線を送ってくる純平に、美咲は嘲《あざけ》るように言う。

「しっかり？　ストライクの一つも入らないのに、たいしたしっかりさんね」

「変化のことだって言っただろ」

「うるさいわね。わかってるわよ」

嘆息した美咲はマウンドへと向かい、訝しげな顔をする和人の肘を小突いた。

「腕の振り方、ストレートとスライダーで全然違うじゃない。脇が開いてるのよ。そんな投げ方じゃ一発でバレるわよ」

無言で頷いた和人は、言われたとおりに脇を締めてボールを投げて見せる。

「こうか？」

「今度は軸足が曲がってるわよ」

投球を見ながら、気になる箇所を一つ一つ直していく。そうやって指摘していくうちに違和感を覚えた。和人は真面目にやっているようだが、どうも腑《ふ》に落ちない。

以前の彼はこんなにも未完成なピッチャーだっただろうか。

ふと他の部員たちがチラチラとこちらを見ていることに気がついた。練習に集中していないのが丸わかりで腹が立つ。そして、その原因にも苛立った。

「やめましょ」

「……なんで？」

静かに告げると、投球動作を止めた和人が顔を上げた。やめる理由がわからない、とその顔に書いてある。

「だって無意味でしょ。コントロールはおぼつかないし、変化の仕方もバラバラ。とても試合では使えないわ」

「それをこれから使えるようにしよう、って練習してるんだろ」

なぜか純平もこの使えるかもわからないフォームの改造に賛成らしい。美咲からすれば、それこそ意味がわからない。

「……二人とも、どうかしちゃったんじゃないの？　そもそも以前のフォームで十分通用したじゃない。甲子園の最後では打たれたけど、あんなのは事故みたいなものよ。気をつけていれば、そうそう打たれないわ。だから元のフォームに戻しなさい。今ならまだ戻せるでしょ？」

「戻せるかは……わからない」

やけに歯切れの悪い言い方が、美咲をさらに苛立たせる。

「……なによ、それ。今の和人は自分を見失ってるみたいで見苦しいわよ。もっと周りをよく見なさいよ。今のあんた見て、周りがやる気なくしてるってわからないの？」

半分は八つ当たりだった。

本来はエースが不調なら、そんなときこそ周りが支えるべきなのだ。それなのに期待していたエースにがっかりしてやる気を失う、他の部員のほうに問題がある。もっと言えば、普段からチーム全体に指示を出しているのは美咲なのだから、美咲のチームマネジメントのほうにこそ問題があると、そう言い返されても仕方なかった。

けれど和人は美咲を見ることなくグラウンドに顔を向け、首を傾げるだけだった。

「そうなのか？　悪い……自分のことで手一杯で気づかなかった」

さすがにカチンときた。

エースとしての自覚があまりにもなさすぎる。抑えきれないほどの不満に、美咲は震える唇《くちびる》を嚙んだ。

「なにそれ……やる気あるの？」

「……あるよ」

「嘘ね。そんなのじゃ、また大事な場面で打たれて終わりよ」

「おい藍沢、いい加減にし……」

「いい加減にするのはそっちでしょ！」

つい声を荒らげていた。割って入ろうとする純平を一蹴し、和人を睨みつける。

「断言するわ。こんなことやってても甲子園の決勝どころか、間違いなく甲子園すら行けないでしょうね」

「…………」

「無意味なことに時間使って、ほんとバカじゃないの？」

こちらを見ずに和人は俯いたまま黙っている。

少し言いすぎだったかもしれない。けれどこれくらい言わないと気持ちの収まりがつかなかった。

それに和人はいつも、やるべきことがしっかりと見えている人間だ。だから今回もきっと、言いたいことは伝わっているはずだ。

美咲の望みはただ一つ、彼に調子を取り戻して欲しい。それだけだった。それだけなのに……ゆっくりと、和人はグラブから手を抜いてしまった。

「和人……？」

「悪い、今日はもう帰るわ」

「……え？　ちょっと待っ……」

まだ練習時間はたっぷりあるというのに、和人は部室に向かって歩き出した。慌てて呼び止めようとするも、どこか人を寄せつけない雰囲気に言葉が出てこない。

すれ違い様、和人は一切目を合わせてくれなかった。

*

週末の練習に、和人は顔を出さなかった。美咲が純平に聞いても「俺も知らねぇよ」と不機嫌に返されるだけだった。どうやら本当になにも聞いていないらしい。

エース不在の野球部は、完全に緩んでいた。キャッチャーの純平を中心に今までどおり熱心に練習に励む者もいたが、ほとんどが漫然とした空気に当てられ、次第に練習中も私語が聞こえたり、隙を見ては手を抜いたりする姿が目につき始めた。

「ほら！　いつまでも休んでないで、水分補給したらさっさと次の練習に移る！」

怒鳴りつけて、ようやく部員たちはのろのろと動き出す。

その緩慢な姿に美咲が苛ついていると、

「かんとくー、ずっと休んでるヤツがいるんですけど、いいんですかー」

気の抜けた声が聞こえた。

二年の三橋《みつはし》だ。彼の他にも数人がベンチに腰掛けたまま立ち上がろうとしない。ここ最近やる気のない姿が特に目につくグループだった。

「なにか言ったかしら？」

「だからー、ずっと休んでるヤツがいるのに俺らばっかり頑張っても仕方なくね？」

「かんとくはー、カレシには優しくして、俺らには厳しいんですかー」

あからさまな態度に、美咲はこめかみがひくひくと痙攣《けいれん》しているのが自分でもわかった。

「あんたたちね……」

「放っておけよ。時間がもったいないだろ」

ふざけた態度を咎《とが》めようとするが、純平に制止されてしまう。純平はそのまま一人グラウンドに足を向け、他の部員たちも戸惑いながらその後を追っていった。

三橋たち数人ととり残されてしまった。純平にああは言われたが、黙って見過ごすわけにもいかない。彼らの態度を放っておけばいずれ他の部員にも影響が出るだろう。

「あんたたちは甲子園、行きたくないの？」

満員の甲子園球場、観客席からの声援、グラウンドに立ってはいなくてもあの熱気は彼らも知っているはずだ。

　ベンチに尻を張りつかせたままの三橋たちに問い掛ける。

「なに言ってんだよ。エースがあの調子じゃ、甲子園とか無理だろ」

「最近おかしくなったよなー」

「つーかあいつが練習サボるようになったら、もうお終《しま》いだろ」

　けれど彼らが見せたのは、人を小馬鹿にしたようなニヤついた笑みだった。

　思わず美咲は自らのこめかみを押さえた。

『和人は自分のピッチングをすればそれでいいわ。チームはあたしが強くするから』

　偉そうに言っておきながら、この体たらくだった。

　きっと今までこのチームが一つになれていたのは、和人がいたからだ。彼についていけば甲子園に行けるのではないか、部員全員にそう思わせるだけのものが、彼にはあった。純平も寡黙《かもく》ながら熱心に練習に取り組むその背を見せることでチームを引っ張ろうとはしているものの、現状和人には遠く及ばない。やはり原因は和人なのだ。

　その事実を突きつけられ、美咲の胸は静かに締めつけられるようだった。

「あいつはちょっと調子崩してるから、頭冷やしてもらうために休ませてるだけよ」

「休んで治んのか？　甲子園の決勝であんな負け方をしたせいで、まともに投げられなくなったんじゃねぇの？」

「もう壊れたんだろ」

「イップスってやつ？」

そう……このチームの頭の中にあるのは、和人のことばかりだ。練習メニューを考えているのは誰だと思っているのか。試合前に相手チームの偵察を行っているのは？　毎日ボールを磨いているのは？　その手に持っているドリンクを作っているのは？

全て美咲がチームのためにやっていることだ。

野球が好きだ。その気持ちは純平にも和人にも、誰にも負けていない。憧れの甲子園。その舞台を目指して、けれど女の自分にはその舞台に立つ術《すべ》がなくて、それでも近くに感じていたかった。だから練習にも積極的に指示を出すようになったし、チームのために身を粉にして働いた。和人の存在を抜きにしても、自分がこのチームを作り上げた、強くした自負はある。

けれどそれは思い違いだったのか……。自分が作り上げたチームはたかがピッチャー一人いなくなっただけで崩壊する、こんなにも脆弱《ぜいじゃく》なチームだったのか。チームを支えていたのは和人一人で、自分はいてもいなくても変わらない存在だったのか。今も部員たちに練習をさせることすらままならない……。

無力さに打ちのめされそうになるのを美咲は必死に堪えるが、

「この間の試合もあいつのせいで負けたよな」

「甲子園準優勝校がコールド負けとか、恥ずかしかったなぁ」

「誰だよ、和人が投げればボール飛んでこないとか言ったヤツ」

彼らの愚痴に、美咲の頭の中でなにかの糸が切れる音がした。

「コールド負けはあんたたちが打てなかったせいでしょうが！」

心の声が、口から飛び出てグラウンドに響いていた。いっそそのニヤついた顔を金属バットで順番に殴りつけてやりたい気分だった。

一人のエースに頼りきった連中も、チームを見捨てて逃げたエースも、そんなチームを立て直すこともできない自分も、色々なものがごちゃ混ぜになった怒りを、美咲はぶつける。

だがいつものように怒鳴りつけても、三橋たちはわずかに固まった後、

「なんだよ、そう怒るなって。女の子の日か？」

ゲラゲラと不快な笑い声を発しただけだった。

奥歯を噛み締めると、頭の中で硬い音が響いた。この感覚は知っている。幼い頃に野球がしたいのに交ぜてもらえなかった、あのときの感覚にそっくりだった。悔しいし、悲しかった。自分が女だから、ただそれだけの理由でまともに取り合ってもらえない。

誰もこちらを見てはくれないのだ。

今も、自分の声など誰にも届いていない。

そう思うと、目の奥から涙がこみ上げてきた。助けを求めたかった。けど……来てくれるわけない。ついこの間、あれだけひどい言葉をぶつけたのだから……。彼ですら、あたしから目を逸らすようになってしまった。

目尻に珠《たま》の涙が浮かび、景色が歪む。

だめだ、ここで泣いては……負けてしまっては……。

懸命に歯を食いしばって涙を堪えていると、ふと周りが静かになっていることに気がついた。耳にこびりつくようなあの嫌な笑いが消えていた。サッと目元を拭って美咲が顔を上げると、三橋たちは呆然と美咲を見つめて……いや、その視線は美咲の後ろに注がれていた。

「なに？　お前ら練習しないの？」

筧和人がそこにいた。

スパイクを履き、練習着に身を包み、脇にグラブを抱えてなに食わぬ顔で立っている。

突然のエースの帰還に三橋たちは呆気にとられ、美咲もまた驚き目を丸くした。涙は乾き、かわりに温かいものが胸に溢れてくる。

頬が緩みそうになるのを抑え、美咲はなるべく不機嫌そうな声を出した。

「……なによ。散々休んでたあんたがそれを言うの？」

「ん、ああ、悪かった……で、練習は？」

さして悪びれる様子もなく、和人は同じ質問をした。

「やるだけ無駄だろうが」

硬直から戻った三橋の答えに、和人はきょとんと首を傾げる。

「なんで？」

「なんでもくそも、どうせ来年は甲子園に行けねぇからだよ」

「そうなのか？　純平とかはそうは思ってないみたいだけど？」

視線の先では純平をはじめ、熱心に練習に励む野球部員たちの姿がある。けれど気になるのか、皆こちらを窺っているのがバレバレだった。

「あいつらはまだお前のピッチングに夢見てるんだよ。けどもう無理だろ。知ってるんだぜ、肩壊したかなんかで変化球まともに投げられないんだろ？　この間の試合で他の学校の連中も気づいてる。秋季大会終わってから、俺らがなんて言われてるか知ってるか？　三年抜けて、エースも壊れて、たいしたことないチームだってよ」

吐き捨てるような三橋の言葉を和人は吟味するように腕を組んで黙考し……そしてわざとらしく口の端を吊り上げた。

「ようするに、三年が抜けたことしか気づいてないんだろ。間抜けだな」

「は？」

「壊れたかどうか、自分で確かめてみろよ」

急遽《きゅうきょ》始まったイベントに、野球部員たちはざわついていた。

マウンドに登った和人と、打席に立った三橋が睨み合う。

守備の安定感こそないものの三橋のバッティングには光るものがある。ストレートだけで抑えるのは至難のはずだ。それでも夏の和人ならば、なんの問題もない。三橋など容易に打ちとり、その鼻っ柱を叩き折ってくれるだろう。だがもし仮に和人が打たれるようなことがあれば、それこそ修復不可能なレベルでチームが瓦解してしまうのではないか……。キャッチャーである純平のすぐ後ろに審判役として立った美咲の頭の中では、期待よりも不安のほうが大きかった。

万が一を避けるためにも、止めたほうがいいのかも……。

躊躇う美咲をよそに、プレイボールの合図を待つことなくワインドアップで構えた和人が振りかぶり、投げた。

力強く投じられたその球筋に美咲は目を見張った。内角高めに放られたボールは、あろうことか三橋の身体に向かって突き進んでいる。

まさか、ぶつける気!?

一瞬、美咲は本気でそう思った。

乾いた音が鳴り響き、辺りは静寂に包まれる。

「……入ってるよな?」

「え……あ、ス、ストライクッ!」

確認するように純平に視線を向けられ、美咲は慌てて宣言した。

尻餅をついた三橋がミットの位置に目を見開いていた。高めいっぱいだったが、間違いなくストライクだ。それも和人が投げたのは、スライダーだった。

捕った純平自身も戸惑っているのか、ボールが収まったミットの中を凝視している。

「ほら、時間がもったいないしさっさと終わらせるぞ」

急かすように和人が返球を要求した。グラブを持った手で、投げ返されたボールを乱暴にキャッチし……。

「……………」

コロコロと和人の足元でボールが転がる。

おそらく格好つけようとして、捕り損ねていた。

サッとボールを拾った和人は気まずそうに帽子のつばを何度もいじってから、バッターに向き直り、再び腕を振るった。

二球目の初動は、ど真ん中。だがボールは打者の手元で外角へと急激にその進路を変えた。ボールのかなり上を三橋のバットが素通りしていく。仮にバットを振らずに見送ったとしても、外角ギリギリのコースに決まった球はやはりストライクだ。まだスライダーしか投げていないが、変化球を和人は完璧にコントロールしていた。

なんの打ち合わせもなくこの変化球を初見で捕った純平にも驚いたが、今はそれも納得できた。打者の手元でうねるように横滑りするスライダー。その軌道は美咲もよく知るものだった。

ほんの二日の休みで変化球の制球を取り戻したの……。

やはりこのチームを一人で甲子園まで導いただけあって、和人のピッチャーとしての才気は図抜けている。驚きと同じくらいに美咲の胸には悔しさがこみ上げていた。

「ストライーック！　バッターアウトッ！」

最後は空振りの三振だった。たった三球で終わらせてしまった。結果だけでなく内容も和人の圧勝だ。

誰もが確信した。あの夏の和人が帰ってきたと。

「夏もそうだったんだろ？」

力なくバットを降ろし、俯く三橋に向かって和人は言った。

「他の学校は俺たちのことなんて眼中になかったはずだ。勝ち進むたびにまぐれだの奇跡だの散々言われて、けど俺たちはあの舞台まで行けたんだろ？」

「そうだけど……」

おそらく三橋だけではない。この場にいる全員に向かって、和人は叫んだ。

「だったら俺たちで、もう一度奇跡を起こしてやろうぜ！」

風が吹いた。マウンドから放たれた一言が、澱んだ空気を一気に吹き飛ばしていく。見回すと、部員たちの目の色が変わっていた。美咲が声を張り上げるまでもなく、彼らはグラウンドに出て練習を再開する。腹から声を出し、一振りや一投に気迫をこめて練習に励む。彼らの熱気に当てられてか、三橋たちまでもがそこに加わっていく。

その光景をぼんやりと眺めながら、美咲は思う。

やはりこのチームは良くも悪くも和人のチームなのだろう。

崩壊しかかったチームが再び一つになろうとしているのは嬉しくもあったが、自分にできなかったことを簡単にやってのけられ、複雑な胸中だった。

グラウンドの隅でただ一人、美咲は取り残された気がした。この光景に寂しさを感じてしまうのは、贅沢《ぜいたく》な悩みなのかもしれない。

それでも、たとえチームの中心にいるのが自分ではないとわかっていても、チームの一部であることを信じて、躊躇いながらも美咲は帰ってきたエースに声を掛ける。

「なによ……きっちり戻してきたのね。そうよ、変なことに挑戦しなくても和人なら問題ないでしょ。十分戦えるわよ」

違う……言いたかった言葉はこんなことじゃない。本当は、謝りたかった。

『無意味なことに時間使って、ほんとバカじゃないの？』

そう、彼の努力を否定してしまった。

この前は言いすぎたと、謝るつもりだったのに……。

自責の念に頭を抱えたくなる美咲だったが、

「これでいいか？」

ふいに尋ねられ、顔を上げた。

「え？」

「他の連中、やる気出してくれたか？」

一瞬、なんのことだかわからなかった。

まさか変化球のことではなく、チームのことだとは思ってもみなかったから……。

『和人のせいで他の部員がやる気をなくしている』

たしかに美咲はそう言った。けれどあれは、腑抜けたチームを立て直せない自分への苛立ちの、ただの八つ当たりだった。そんな八つ当たりを、彼は真に受けていたというのか……。

思いがけない言葉に美咲はグラウンドに視線をやり、曖昧に頷いた。

「えっと……たぶん」

「なら、よかった」

胸の内にあった寂寥《せきりょう》感が消えていく。ゆっくりと心が満たされるのがわかった。

チームの誰も自分のことなど見ていない、自分の声など聞いていない……そんなことはなかった。自分の声はしっかりと届いていた。チームの要である、エースに。

ぽかんと固まる美咲になにを思ったのか、和人は顔の前でグラブと手を合わせた。

「悪いな。まだ自分のことで手一杯なんだ。だからこれからも色々迷惑かけると思う」

「え……そう……それは構わないけど……」

「美咲がいてくれて助かる。いつもサンキューな」

チームの中心ではなくても、自分を見ている人間はいる。ここにはちゃんと居場所がある……今はそれで十分だ。

「フン……それは、こっちの台詞《せりふ》よ」

小さく鼻を鳴らし、美咲はグラウンドに向かって声を張り上げた。

×　×　×

熱気を取り戻したグラウンドを横目に、矢久原純平は帰ってきたエースのもとへと歩み寄った。

チームの士気は上がっていた。間違いなく和人のおかげだ。だがそれを手放しで喜んではいけないような、言い表せない違和感が純平の頭に引っかかっていた。

「おい、お前さ……」

「っ!?　なんだ……純平か。驚かせるなよ」

ビクリと大きく肩を震わせ、和人が振り返った。

やたらと大袈裟なその反応に眉をひそめる。

「さっきのはなんだよ？」

「あ？　啓人ならあれくらいのこっ恥ずかしい台詞は言うだろ」

たしかに、言うかもしれない。ああやって味方を引っ張るのは啓人の役目で、下から支えるのが純平の役目だった。

かつてのエースに目の前の男が重なりかけて……けれど純平は頭を振って、手にしたボールを押しつけた。

「そうじゃなくて……いいからもう一回、さっきのボールを投げてみろ」

グラウンド隅にある投球練習用のマウンドに移動して純平が腰を落とすと、和人は振りかぶって、投げた。

真っ直ぐに突き進むボールの軌道をあえて無視し、純平はミットをその場に固定した。

直後ボールは真横に滑るように変化する。ストレートの軌道から強烈な横回転で動いたボールが、純平の構えたミットに突き刺さった。

ぞくりと背筋が冷たくなる。和人が投球モーションに入ってから、純平はミットを1

ミリも動かしていなかった。その鋭い変化と正確無比なコントロールを併せ持ったスライダーは、啓人そっくりだった。他の人間からすればなにも問題ないだろう。だが純平からすればそのスライダーはあまりにも似すぎていて……それどころか不気味なほどまったく同じ球だった。

「……なにか隠してるだろ」

「べつに……」

そもそもこの二日間、純平は和人がどこでなにをしていたのか知らない。おそらくスライダーを身につける特訓をしていたのだろうが、この短期間で一体どうやって？

あの日『共犯』であることを誓ったのに、和人はなにも言ってはくれない。啓人もそうであったように……。

苛立ちをぶつけるように純平が肩の力だけで強い球を返すと、グラブに弾かれたボールが地面を転がった。

投げ返したボールを、和人は捕り損ねていた。

「どうしたんだ？」

「……なんでもない」

ボールを拾う和人の姿に、ついさきほども同じようなことがあったのを思い出す。

立ち上がった純平はマウンドに向かい、疑うように和人の顔を覗き込んだ。和人の表情に変化はない。ただじっと見つめ返すその瞳に、純平は違和感を覚えた。

　試しに素早く右手を挙げてみると、数瞬の間を置いてビクッと和人が身を震わせた。明らかに遅い反応だった。おそるおそる純平は一つの可能性を口にした。

「もしかして……目が、視《み》えてないのか？」

「スライダーは完璧だったろ」

「いいから答えろ」

　観念したように和人は小さく息を吐く。

「左目だけな。距離感が摑みづらいけど、まあなんとかなるだろ」

「……どういうことだ？」

「いくら双子だからってさ、たかが二日練習しただけで啓人と同じスライダーが投げられるわけないだろ。あいつの努力はそんな安っぽいものじゃないって、一番知っているのはお前だろ？」

「でもお前は実際にそのスライダーを投げて……」

「啓人のスライダーを買ったんだよ」

　熱気を取り戻したはずのグラウンドの声が、純平にはどこか遠くに聞こえた。周囲の温度が急激に冷えていく。

　目の前の男を取り巻く空気だけが他とは違っている。誰かの投球を買うなどと、ありえない話だ。だがそのありえない話を信じられる理由が純平にはあった。

「まさか……あのガイコツの店に、行ったのか?」

「そうだよ。あそこで啓人のスライダーを買った。俺の左目と引き換えにな」

スッと和人は親指で自らの左目を指す。

眼球はあるが、そこに光はなかった。

「左目一つで俺は啓人と同じ変化球が使えるようになる。それでチームの士気も上がる。安いもんだろ。あのガイコツは面白がってサービスで本物そっくりの義眼までくれたんだ。これなら誰にも気づかれない。あとは甲子園の映像を参考に、啓人の投球の真似《まね》をする練習をしてた。そっちは二日かかったけど、そっくりだっただろ?」

本当になんでもないことのように淡々と話すその姿に、純平は恐怖を覚えた。震える唇から消え入るように声を絞り出す。

「なんで、そこまで……」

「俺たちにはやらなきゃならないことがある。そうだろ? そこにたどり着くまでは絶対に立ち止まるわけにはいかないいんだよ」

たった一つの瞳の光には、氷のような何物にも動じない冷たい意志が宿っていた。

それは人生で一度だけ見たことのある種類のもので、ようやく和人のまとう不気味さの正体がわかった。

絶対に甲子園の決勝まで行くという、純平の覚悟に嘘偽りはない。そこにたどり着くために青春の全てを捧げて、泥にまみれて、汗の一滴まで絞りつくす気でいた。その道が一番正しいと、泣こうが喚《わめ》こうがその道をただ歯を食いしばって突き進むしかないと、純平は心の底からそう信じていた。

だからこそ同じ目的に向かっているはずなのに、判然としない和人の覚悟を疑っていたのだ。だが、わからなくて当然だった。

彼の覚悟はあまりに異質すぎる。汗を絞り出すどころか、血肉で足りなければ骨まで捧げようとするだろう。真の意味で自分の身を犠牲にする覚悟が、和人にはある。

「そうか……そうだよな。俺たちは立ち止まれないよな」

覚悟が足りなかったのは、自分のほうかもしれない……。

けれど、和人が正しいとは思えなかった。

今の和人の瞳は、甲子園が終わった後の、最後に見た啓人の瞳にそっくりだった。その先に待つものを、純平は知っている。

ガッチリと両肩を掴み、逃げ場を奪った和人の瞳を真っ直ぐ見据える。

「だけど、もうあの店には行くな。俺たちのやろうとしていることを啓人が望んでいるかどうかはわからねぇよ。けど、啓人はお前が自分の身体を犠牲にするのを望んじゃいない。それだけはわかる」

あの日啓人を止められなかった。ただ黙って見ていることしかできなかった。そして途方もない後悔の果てに、啓人を取り戻すと決めたのだ。だから同じ過ちを繰り返すわけにはいかなかった。

想《おも》いが通じたかは定かではなかった。

和人は相変わらずの冷め切った表情で純平を見つめ、

「……わかったよ」

小さく呟き顔を背けるだけだった。

ただ秋の空の夕暮れが、少しだけ和人の横顔に血色を戻していた。

# 第三章　初詣

十二月ももうすぐ終わろうかという頃。凍える風が吹きすさぶ夜の公園で、和人はいつものように純平相手に投球練習をしていた。

学校は冬休みに入り、街も新年を迎える準備で慌しくなっている。それでも和人のやることは変わらない。ただひたすら、全力で投げることだけだ。

「くそっ……」

しかし懸命に腕を振っても、この日は狙った場所にボールがいかなかった。安定しない投球に和人は苛立ちを隠そうともせず地面を蹴った。

「そろそろあがるか」

暗くて時計は見えないが、いつもよりだいぶ早い時間だ。それなのに純平はゆっくりと立ち上がった。

「まだ投げられる」

「けどこの寒さじゃな……」

「まだ投げられるって言ってるだろ」

座り直すようにグラブで地面を指し示すが、純平は首を振って和人に向かって歩いてきた。

「ダメだ。手袋してる俺でさえ手がかじかんでるんだ。お前も指先の感覚そろそろなくなってきてるだろ?」

「それは……」

咄嗟に和人は赤くなった指先を隠すが、その行為自体が認めているようなものだと、すぐに己の失策に気がついた。

「しもやけにでもなられたら明日からの練習に支障が出るだろうが」

「ちっ……」

十二月の夜中ともなれば外は当たり前のように寒い。吐いた息は色がついたみたいに真っ白で、けれど暗闇に呑み込まれるようにすぐに消えてしまう。息を吸うごとに肺の中には冷たい空気が入ってきて、身体の自由が少しずつ奪われる気がした。放っておけばこのまま動かなくなってしまうのではないかと、和人はがむしゃらにでも身体を動かしたかった。

「この間の練習試合のこと、まだ気にしてるのか？」

そんな和人の不安を見透かしたように純平は言う。

今年最後の練習試合。相手は甲子園の常連校、木更津学院《きさらづがくいん》だった。春の選抜でも投げたエースの宇賀地《うがち》はプロ注目の技巧派左腕。彼の変化球にまったくボールを当てることができず、こちらは三振の山を築いた。和人も負けじと相手打線を〇点に抑えていたが、七回に二者連続でフォアボールを出したところで、美咲に交代を命じられてしまった。その後、代わりに投げた一年生ピッチャーの瀬良《せら》が打たれて試合は負けた。

相手に打たれての交代ではないので、和人としてはやりきれない気持ちしか残っていない。

けれど純平はきっぱりと言い切った。

「あれは藍沢の判断が正しいだろ」

「……俺はまだ投げられたんだよ」

「どうだかな。スタミナ切れでコントロールが定まらず、おまけにストレートの力もなくなってきてた。あのまま投げてりゃ打たれるのは目に見えてたぞ。お前が投げ続けるよりも、一年の瀬良に投げさせたほうがまだマシだった」

「それでも結局負けたけどな」

嘲るように和人が大袈裟に肩をすくめると、純平は嘆息を漏らした。

「目の前の試合に全力なのは構わないけど、そのバカ丸出しの短絡的な思考は直せよ」

「あ?」

思わず鋭い視線をぶつけたが、純平は怯《ひる》むことなくいたって真剣な表情で和人を見据えていた。

「俺たちの目的はなんだ?」

「……啓人を取り戻すことだろ」

「そうだ。たかが練習試合で勝つことじゃない。藍沢もそれと同じだ。目の前の試合よりも、もっと先を見てる」

「……夏か」

　呟くと、純平はコクリと頷く。

「そういうことだ。現状お前一人に投げさせるのは負担が大きすぎるから、継投は必要だ。そのために他のピッチャーにも経験積ませたいんだよ。大事な場面でお前が疲れて投げられませんじゃ話にならねぇだろうが」

「負担が大きいってなんだよ。最初から最後まで、全部の試合で俺が抑えれば問題ないだろ。啓人はそうやってきたはずだ」

「啓人だって一人で抑えていたわけじゃない」

「他にまともなピッチャーなんていたか？」

「いいや、そんなピッチャーはいなかった」

「だったら……」

「けど、俺がいた」

　ぽん、と和人の胸にキャッチャーミットが当てられる。

　意味がわからず怪訝な顔で見返す和人に向かって、純平は白い息を吐き出した。

「キャッチャーはただの的じゃないんだよ。ピッチャーの力になれる。少なくとも俺は啓人に力を貸していたつもりだ。引退した先輩たちだってきっとそうだった。だからお前もなんでも一人でやろうとするな。野球はみんなでやるもんだ」

「ハッ、まさか俺に野球を楽しめとか言う気じゃないだろうな？　そんな気になれないことくらいわかってるだろ？」

「肩の力を抜かないといいボールは投げられねぇ、って言ってるんだよ。そんなに気を張って、無理して投げ続けて、それで打たれたら意味ないだろ」

「でも啓人は……」

「その啓人は藍沢と付き合ってたぞ」

そう言われると、和人は返す言葉が見つからなかった。

とはいえ、今の和人と美咲は部活終わりに一緒に帰ることはあれど、それだけだった。会話もいつも野球のことばかりで、休みの日に二人でどこかに出かけるようなことはない。これまでのところ恋人らしい付き合いはなにもなかった。世間のカップルが浮かれるクリスマスですらなにもなかった。和人はいつものように昼は部活動で練習して、夜は純平と練習していた。美咲とはクリスマスを祝うメールのやりとりすらなかった。これで果たして恋人と呼べるのか。啓人は一体どんな付き合い方をしていたのか。和人の頭には疑問しか浮かばない。

「啓人のヤツはなにを考えて美咲と付き合ってたんだよ？」

「さあな。けど啓人だってちゃんと野球以外のことにも目を向けていた、ってことだ。

だからお前もあまり一人で抱え込むなよ。休むときにはしっかり休め」

ピッチングと同じで緩急が大事ということだろう。純平の言いたいことはわかる。けれどあの野球にしか興味のなかった啓人が女子と付き合っていたなど、今でも信じられない。和人の知らない啓人の一面であった。

ふと頭の中で和人は、自分が美咲と仲睦《なかむつ》まじく遊びに出かけるところを想像してみた。吹きつける風に汗が冷えて、途端に背中が寒くなった気がした。


翌朝。いつもより少し早めに野球部の部室を訪れると、すでに美咲がいた。

土日や冬休みの練習の日は、彼女はいつも誰よりも早く来ていることを和人は知っている。おそらく野球部員のほとんどが気づいていると思う。彼女の野球に対する情熱や膨大な知識、的確な助言などから、部員たちは女子高生である美咲の指示に従うことを良しとしているのだろうと、和人は推察していた。

イスに座って美咲は念入りにボールを磨いている。その光景は和人の瞳に不思議と綺麗なものに映った。窓から差し込む暖かな光は彼女だけを照らしているようで、薄っすらと舞う埃でさえもキラキラと輝いているように見え、思わず見惚《みと》れてしまう。

ぼんやり佇《たたず》んでいると、彼女がふと顔を上げた。

「あら、早いわね」

「美咲に言われてもな。いつも何時からいるんだよ」

「さあ？」

質問は柔らかな微笑と共に流されてしまう。

ロッカーに荷物を放り込み、美咲が拭き終えたボールを手にとってみる。どれも細かい傷はあるものの、汚れが綺麗に落とされ白く輝いていた。

「この時期の朝はあまり投げないほうがいいわよ。指先の感覚おかしくなるから」

「純平にも言われたよ。でもこれしか俺にはできないからな」

「他にもやれることは山ほどあるでしょ」

話しながらも美咲の手が止まることはない。彼女の隣で白くなったボールの山が高く積み上がっていく。

「……俺もなにか手伝ったほうがいいか？」

「こっちはいいわ。和人はタイヤでも引いてれば？」

「なんか、俺にそれやらせるの好きだな」

「みんなが来た頃に汗だくでタイヤ引いてる和人。絵になるでしょ」

「はいはい。わかったよ」

チームの士気もそうだが、和人のスタミナ不足を指摘されている気がした。やはりこの間の練習試合、美咲の目から見ても和人はスタミナ切れだったのだろう。

練習着はあらかじめ着てきたため、冬用のウインドブレーカーを羽織り、ランニング用のシューズに履き替え、外に出る準備は完了した。

けれど早く来たのは走るためではなく、美咲と話をするためである。どうしたものか……。和人が視線を彷徨わせていると、先に声を掛けられた。

「ああ、それと休みの日はしっかり休みなさいよ」

「……それも純平に言われたよ」

「いい女房役ね」

「あれと夫婦とか、真っ平ごめんだ」

バッテリーを組んで、毎日一緒に練習すれば嫌でもわかる。矢久原純平という男は野球部の中でもとびきりの熱血バカなのだ。曲がったことが大嫌いでそれを他人にも押しつけてくる。しかも足りないものはなんでも努力と根性で補えると思い込んでいる節がある。はっきりいって面倒くさい。あの啓人と同類の野球バカである。

オエ、と和人が苦いものを飲んでしまったような顔をすると、美咲は苦笑した。

ほんの少し柔らかくなった空気のおかげで、和人はどもりながらも話を切り出せた。

「な、なあ……しっかり休むってのは、なにをすればいいんだ？」

「そんなのあたしに聞かないでほしいわね」

「その、なんか効率的に疲れをとる方法とかあるだろ？」

「それも人それぞれでしょ。まあ家でのんびり映画を観たり、お風呂にゆっくり浸《つ》かったり、リフレッシュという意味なら気分転換にどこか出かけたりするのもいいんじゃない？」

「そうか……なら、どこか行きたいところとかあるか？」

「えっ？」

素っ頓狂な声を上げ、美咲が持っていたボールを落とした。

「えっ？」

その意外そうな声に、思わず和人も聞き返してしまった。

恋人同士ならば遊びに誘うのも自然だと思ったのだが、なにか間違っただろうか。

ぽかんと口を開けたまま、美咲は目をパチクリとさせて和人を見ている。

「あ、すまん。忙しかったら別に……」

「そ、そんなこと言ってないでしょ。ただ突然でビックリしただけ……」

プイッと視線を外した美咲は、なぜか短い前髪をつまんでいじり始めた。眉間《みけん》にしわを寄せ、難しい表情で考え込んでいる。

やはり誘い方に問題があったのだろうか。その反応に和人が困っていると、目線を合わさないまま彼女はぼそぼそと呟いた。

「じゃあ、初詣に連れて行って……」

「ん、はつもうで……?」

首を捻る和人に、美咲は口を尖《とが》らせる。

「いちいち聞き返さないで。お正月と言ったら初詣でしょ……」

「俺とでいいのか?」

なんとなく、初詣というのは家族でいくものというイメージが和人の中にはあったので一応確認してみる。

「べ、別に……友達とか家族とかみんな忙しくて、他に一緒に行く人がいなかっただけだから!」

なぜか怒鳴られてしまった。スマートに女子を誘うというのは難しいものだと、和人は痛感した。

あと数日で新しい年がやってくる。けれど和人にはめでたいことなどなに一つない。啓人を取り戻す期限が迫ってくるのをあらためて実感するだけだ。きっと世間はお祝いムードだろう。初詣など、そんなお祭りのど真ん中のような場所に行って、和人はどんな顔をすればいいのか悩んでしまう。なにも考えずにタイヤを引くほうが、ずっと気が楽だった。


年が明けると、街には年末とはまた違った活気が溢れていた。道行く人々も華やかな着物姿で歩いている女性や、道端の霜柱を踏みつけザクザクという音と感触を楽しんでいる少年など、皆新年を迎えて晴れやかな表情だ。

しかし待ち合わせ場所に立つ和人の表情は晴れやかとは程遠いものだった。吐息を白くけぶらせながら、和人は空に目をやる。太陽は墨色の雲の向こうに隠されて、日差しはまったく届かない。冷たい風が肌を刺して腹の底まで寒気が染み入り、不安な気分がさらに重くなっていく。

ジャンパーのポケットに手を突っ込んで和人が寒さを凌《しの》いでいると、遠くのほうから待ち人が近づいてくるのがわかった。

「あけましておめでとう。今年もよろしくね」

「……おめで、とう……ことし……も、よろしく……」

やってきた美咲を前に、和人は一瞬呼吸の仕方を忘れてしまった。いつも学校の制服や部活動の練習着しか見ていなかったせいで、私服姿の美咲に気おくれしてしまう。

現れた美咲はお洒落《しゃれ》なミニスカートを穿《は》いていた。その下から黒タイツに包まれた細くしなやかな脚が伸びており、足元は小さなリボンのついたブーツ。上半身はチェックのセーターの上にダウンジャケットを羽織っており、首には淡い色のマフラーを巻いている。端整な顔にミルク色の頬、ほんのり赤い蕾《つぼみ》のような唇。眩しい瞳の光を和らげる長いまつ毛は緩やかに上を向き、綺麗な黒髪にはオレンジ色に輝くヘアピンをしていた。

控えめに言っても、とびきりの美人だった。すぐに見つけられたのも、私服姿の美咲がやたらと周囲の目を引いていたからだった。

「なに？　ぼさっと突っ立ってないで、行きましょ」

ハッと和人は我に返り、慌てて美咲の後を追った。

参道を歩いていき巨大な門をくぐると、正面にはそびえるような階段が見えた。並んで階段を上りながら、和人はそっと美咲の様子を窺ってみる。普通の女子なら息切れしそうなほど急な階段だったが美咲は和人の隣にピタリとついて「ん？　どうかしたの？」と平然とした顔で上っていた。

「……凄い人だな」

階段を上り終えて次に待ち構えていたのは、人で賑わう境内だった。見渡す限り多くの人で溢れている。

あまり人混みが好きではない和人の出足が鈍っていると、隣の美咲もそわそわと落ち着かない様子だった。

「トイレなら、あっちみたいだぞ」

親切に教えてあげると、氷点下の視線で睨まれた。

「デリカシーがないわね。すぐ戻るから」

震える和人を置いて、美咲は小走りに人混みの中へ消えていく。

待っている間に和人は辺りを見回してみた。どこも人だらけだが、やはり参拝の列が一番の人だかりとなっているようだ。特に賽銭《さいせん》箱の周りは、やっと回ってきた順番にゆっくり丁寧にお参りする人と、そのすぐ後ろで一秒でも早く自分の番が回ってこないかと押し合う人たちの激しい戦いが繰り広げられている。あそこに加わるのはさすがに骨が折れそうだった。

しばらくして戻ってきた美咲に聞いてみる。

「で、どうする？　お参りするか？」

「そりゃあするでしょ」

「ここからでも小銭投げれば届きそうだけど？」

「あたしは無理よ」

「じゃあ美咲の分も投げてやろうか？」

「……さっきから喧嘩売ってるの？」

射殺さんばかりの鋭い瞳に、和人の下腹部が縮み上がる。

「せっかくだから並びましょ」

おとなしく参拝列の最後尾に二人で並んだ。すぐに後ろに人がつき、完全に退路は絶たれてしまう。

「ほら、もう少し詰めなさいよ」

「ん、ああ」

「ちょっと、くっつきすぎ。もう少し離れて」

どっちだよ、と愚痴を零したくなるが、この寒い中さらに冷たい視線を向けられるのは嫌なので和人はぐっと耐え忍ぶ。

「人はいっぱいいいても寒いな……」

「そうね……」

「なかなか進まないな……」

「そうね……」

「………」

話を振るが素っ気無い反応が返ってくるばかりで会話が続かず、沈黙が訪れる。息苦しさを覚えるのは人混みのせいだけではないだろう。疲労をとるための休日なのに、逆に疲れが溜まるような気分だった。

やがて和人たちの順番がやってきた。

礼儀作法など知らないので和人は前の人がやっていたのを真似て賽銭箱に小銭を放り込みお辞儀《じぎ》をした後、音を立てて手を叩きそっと瞼を閉じる。

だが肝心の願い事が思いつかなかった。

最初は『啓人を取り戻せますように』そう願おうかと思ったが、やめておくことにした。あのガイコツも自らを神様だと名乗っていたから。なら啓人のことを願うなど、お門違いだ。

しかしそうなると、願い事は特に思いつかない。仕方なく『今日はこれ以上美咲の機嫌が悪くなりませんように』そう願っておいた。

瞼を開くと隣ではいまだに美咲が両手を合わせ、やたらと念入りに祈っていた。

「……なにを願ってたんだ？」

参拝を終え、人混みから少し離れたところで聞いてみる。

「どうせ同じでしょ」

「えっ……美咲もこれ以上機嫌が悪くならないようにって、願ったのか？」

「は？　なにそれどういう意味？」

「いや、それは……その……」

助けを求めるように和人はきょろきょろと視線を彷徨わせる。こんなにも人は大勢いるのに、助けてくれる人間は皆無《かいむ》だった。

その様子を見た美咲は小さな口から白い吐息を漏らし、

「今年の夏は最後まで勝てますように。それしかないでしょ」

力強い瞳できっぱりと言った。

「ああ……それな」

「なによ。他になにがあるっていうの？」

まるで失念していたかのような和人の態度に、美咲は不満そうに唇を尖らせる。

「まあなんつーか、神様なんてろくなもんじゃないからな。それに……」

「それに？」

「そっちは自分でやるから。神様に頼る気なんてさらさらねぇよ」

実際にそのつもりだし、これくらいの心意気があってこそエースだろうと、和人は胸を張って答えた。

けれど美咲はなぜだか少し憂いを帯びた表情をしていて、

「そう……用事も済んだし、帰りましょうか」

静かに呟き、ゆっくりと踵《きびす》を返した。

なにか気を悪くしてしまったのだろうか。あまりこちらを見ずに歩く美咲を気にしながら、やはり神様など当てにならないな、と和人は思った。

人混みの中、なるべくはぐれないように、けれども互いにぶつからないような絶妙な距離を保ちながら参道を歩く。来るときは気にならなかったが、帰りは地味に上り坂で余計に和人の脚を重くする。大勢の人々が行き交う参道の両側には露店が並んでおり、客を呼ぶ声が賑やかに飛び交っていた。

けれどそんな喧騒の中で、和人と美咲との間には相変わらず会話はほとんどなく、時折吹く凍える風が肌に痛かった。

「……寒いな」

「さっきから、そればっかりね」

「あ、いや……ごめん」

何気なく呟いただけだが、同じことばかり口にするのは一緒にいてつまらないと言っているようにとられてしまったかもしれない。

素直に謝ると、美咲はサッと視線を巡らせ、

「……いいわ。ちょっと待ってて」

近くの露店に足を向けた。

戻ってきた美咲は紙コップを二つ持っており、そのうち一つを和人に向かって差し出した。

「甘酒、美味《おい》しいわよ」

「おっ、サンキュー」

渡された紙コップからは湯気が立っており、冷えきった体を温めようと和人はそっと口に含むが、

「ちなみにとても熱い飲み物を飲むと、ガンのリスクが高くなるらしいわ」

「ぇあっつ!?」

突如もたらされた情報に驚き、熱い液体が舌に触れて和人は悶《もだ》えた。すぐそばでは美咲が口元を押さえて肩を震わせている。

「あっつつ……タバコとかじゃなくて？　熱い飲み物で、ガンになるのか？」

「あくまでそういう研究もあるって話よ。たった一杯じゃ変わらないでしょ。それにしても、さっきの和人の顔……ぷぷ……あははは っ」

堪えきれずに美咲が腹を抱えて笑い出す。

そのことに和人は目を丸くした。

「美咲が笑ってる!?」

途端にふっと醒《さ》めたように美咲の瞳が冷たくなる。

「え？　なによそれ。あたしをなんだと思っていたの？」

「いや、その……」

しどろもどろに視線を泳がせていると、美咲がぐっと顔を近づけてきた。

「和人は野球していても笑わないよね。もう少し楽しそうにしたら？」

覗き込むように見つめられる。目線を外そうにも、美咲は真っ直ぐな視線を和人の目から外してくれない。

わかった、と言うだけなら簡単だろう。けれど目の前の真剣な眼差しに嘘は通じない気がして、和人は小さな声で本音を呟いた。

「……そんな余裕ないんだよ」

「たしかにチームは和人に頼りきりだけれど、一人で背負い込みすぎじゃない？」

ついこの間も、同じことを言われた。

もちろんエースとして自分がどうにかしなければ、という気持ちはある。けれどそれが背負い込みすぎだとは思わない。だって啓人はこの重責を抱えたまま、誰にも事情を話さず一人で投げてきたのだから。

それに和人はこれでもまだマシなほうだと思っている。

「そんなこと……ない。純平も、協力してくれてるしな」

決して仲が良いわけではないが、『共犯者』として同じ目的に向かっている者がいる。マウンドでは一人だが、少なくとも事情を知り同じ重責を背負っている者がいるだけ、啓人より精神的な負担は少ないはずだった。

しかし和人の言葉に、美咲は黙ったままだった。

透き通るような瞳は和人を捉えて離さない。頭のオレンジ色のヘアピンがキラリと輝いたかと思うと、反対側の髪が寒風に散らされ美咲の頰にかかった。

気にせず美咲は質問を重ねてくる。

「………ねぇ。あたしとの約束、覚えてる？」

そのことなら覚えている。おそらく、啓人が自らを追い込むために美咲と交わした約束のことだ。

「ああ、俺が日本一にしてやる、って約束だろ」

「やっぱり、忘れてるのね」

「……え？」

違っていたのだろうか？

驚く和人に、美咲は呆れるように嘆息した。

「あたしたちでこのチームを日本一にする、って言ったのよ」

「は？」

「だから、二人で日本一を目指す、って約束したの」

「そう……だっけ？」

曖昧な返事になってしまう。

だってそれは、和人がした約束ではないのだから。

「だから、あたしも手伝うから……そうすれば、もう少し余裕ができるんじゃない？」

「……そうすれば、野球も楽しめる……かな？」

「なに言ってるの？　野球は楽しむものでしょ」

戸惑う和人に、美咲は当然のように言う。

楽しむ余裕なんてないはずだった。しかし啓人は違ったのだろうか。少なくとも二人で目指すと約束したのなら、一人きりではなかったのだろう。

「ほら、ちょっと手出しなさいよ」

有無を言わさぬ瞳に訝りながらもポケットから右手を出すと、そっと美咲が両手を添えた。彼女の細く柔らかな手に包み込まれるように優しく握られ、和人の心臓が早鐘を打つ。

しばらくしてその手が離れると、掌に硬い物が残されていた。紫色の紐《ひも》のついた小さな木の板に『勝』の文字が赤く描かれている。

「……なんだ。お守りか」

「なんだとはなによ。人がせっかく買ってあげたのに……」

「神様には頼らないって言っただろ」

「でも、手は温まったでしょ？」

イタズラが成功した子どもみたいに美咲は唇を曲げた。彼女の柔らかな手の感触を思い出し、和人はドキリとしてしまう。

「え……ま、まあな」

「一人じゃどうしようもないこともあるでしょ。こうやって誰かの力を借りるのも、きっと悪いことじゃないわ。勝つために必要ならそうするべき、和人もそう言ったでしょ」

たしかに、言った。啓人を取り戻すために、必要ならばなんでもするべきだと思ったから。あのときの言葉が強烈なピッチャー返しとなって和人の胸に突き刺さる。

「神様に頼らなくても、あたしには頼っていいのよ」

ニコリと美咲は笑みを浮かべ、けれどすぐに恥ずかしくなったのか、マフラーの中にその小さな顔を埋《うず》めてしまった。

頼っても……いいのだろうか？

他人をアテにするなんて間違っている。なにも知らない彼らに期待などしてはいけない。誰かに頼るのは、それだけ自分が弱いと認めてしまっているのではないか……そう思っていた。だから啓人がそうしてきたように、一人で全てをねじ伏せるだけの力が欲しかった。

でも純平がいて、美咲がいて、啓人も一人ではなかったらしい。

胸に食い込んだ言葉がじんわりと和人の身体に染み入っていく。同じことを言われたはずなのに、不思議と純平に言われたときよりもすんなり受け入れることができた。

「……サンキューな」

お礼を告げて、和人はもらったお守りを首から下げる。

相変わらず外の空気は肌寒い。ただ身体の芯は熱を持ったように暖かかった。

×　×　×

初詣を終え、和人と別れた藍沢美咲は早足で自宅を目指していた。

自分のしたことに、顔が熱くなってくる。鏡を見ればきっと真っ赤に染まっているだろう。一体どうしてしまったのか。

彼の頑張りは知っている。応援もしている。

それだけのはずだったのに……。

掌にはほんのりと彼の温もりが残っていた。自然と頬が緩んでいる自分に気づき、慌てて頭を振る。ついでに温もりの残滓《ざんし》も一緒に振り払った。

余計なことは考えるな。浮かれている暇なんてない。

美咲の吐いた息は白く、けれどすぐに溶けて空に消えていってしまう。

冬などあっという間だろう。夏まであと半年しかない。そして次の夏が最後のチャンスだった。

それにしても……と、美咲はゆっくりその足を止め、今来た道を振り返った。

「あの様子じゃ、あっちの約束も忘れてそうね。どうしたものかしら……」

彼には勝ってもらわないと困る。あたしのために……。

# 第四章　地方大会

四月になると、クラス替えのあった新しい教室は落ち着きのない声があちこち飛び交い騒がしく、また野球部も、甲子園準優勝の実績からか多くの新入部員が入ってきて賑やかになっていた。

ぽかぽかとした暖かな日差しを浴びて、生気を帯びてきた芝の上に立って緊張に強張《こわば》る新入部員たちを前に、顧問の佐藤は「細かいことはマネージャーが来てから指示出すから、まあとりあえずランニングでもしてて」と短く告げると、いつものようにベンチに腰掛け読書を始め、早くも想像していた監督像を崩されたであろう新入部員たちは戸惑いながらも集団でランニングを始める。

グラウンドの隅で投球練習をする和人のそばを、のろのろと一年生たちが通り過ぎていくと、

「なあ、さっきチラッと見たけどマネの先輩美人じゃね？」

「あんな先輩に毎日応援してもらえるとか、夢みたいな環境だな」

「もしかして、活躍したらご褒美もらえるとか……」

生温《なまぬる》い風に乗ってそんな声が聞こえてきて、ワインドアップで構えていた和人は動きを止めた。おもむろにその腕を下ろし、グラブをつけたほうの手を彼らに向ける。

「おい純平……一年全員タイヤでも引かせたほうがいいんじゃないか？　少したるんでるみたいだから、引き締めておかないと」

「放っておけよ。どうせすぐに夢から醒めるだろ」

呆れるように純平は肩をすくめる。

それもそうか、と和人は待ち構えるミット目掛けて投球練習を再開した。

すぐによく通る、それでいて恐ろしい声がグラウンドに響き渡った。

「こら一年！　お喋りしながらちんたら走っててんじゃないわよ！」


基礎練習を終えると、即戦力を見極めたいという美咲の要望で一年生との練習試合が組まれた。その試合で和人は七連続三振だけでなく、一年生全員を三振にとり、一年生のベンチからは「筧先輩相手に打てるわけねぇじゃん……」と不満が出て、さらにはなぜだか背中からもブーイングを受けてしまう。

「ちょっとは打たせろよ！　俺らの守備練習にならねぇだろうが！」

センターの守備位置から大声で叫んだのは三橋である。

「そうだぞ、こっち打たせろ。一年に俺の華麗なフィールディングを見せてやるから」

中継するように、セカンドの櫛枝《くしえだ》が声を張る。

「一年相手に三振とってカッコつけてんなー」

最後にファーストの臼井《うすい》が言うと、守備陣が一斉に笑い声を漏らす。

好き勝手言われ、たまらず和人も言い返した。

「うるせぇな。昨日の特打ちでヘロヘロだったから、心配してやってるんだろ」

するとと背後から、今度はグラブを拳でバシバシと叩く音が聞こえてくる。

「バーカ、誰がヘロヘロだよ！」

「全然余裕だよ！　カモーン！」

「その成果を見せてやるって言ってるんだよ！」

「ハッ、見せる機会があるといいな」

といったやりとりをしていたら、美咲にピッチャー交代を言い渡されてしまった。解せない交代にベンチに目をやると美咲にギロリと睨まれ、和人はしずしずと二年生ピッチャーの瀬良にマウンドを譲り渡した。代わった瀬良も一年生の攻撃を四安打に抑えたものの、試合は三対〇というなんとも微妙な点差で幕を閉じた。

「……なんか……お前、変わったよな」

練習試合を終え、軽くキャッチボールをしていると、ふいに純平が口を開いた。

「そうか？　変わってないだろ」

「少し、楽しそうになった」

「……まさか」

そんなことはないと思う。なぜなら和人にとっての野球は今も変わらず、啓人を取り戻すための野球なのだから。

ただいつの間にか慣れてしまったのか、頭にまとわりついていた焦燥感や身体にのしかかるような重圧は、今はそれほどでもない気がした。

「まあいい。ともかく気を抜くなよ。啓人はいつも陰で努力してたぞ」

「知ってるよ。あいつ、昔からそんなだったから」

いまさら念を押されるまでもない。その姿は和人も幾度となく見ている。

「……あいつさ、不器用なんだよ。なにやっても下手クソでさ。たいていのことは俺のほうができた。スポーツでも、勉強でも、俺のほうが後から始めたことでも、すぐに追いつけたし、追い越せた。その度にあいつは言うんだよ、のほほんとマヌケな面して『和人は凄いなぁ』って。でも、野球だけは違ったんだ。あいつさ、俺に打たれるとムキになって練習するんだよ」

「そりゃあ、悔しかったんだろ」

「小学生の頃の、ゴムボール使った遊びでだぞ。それで、いつの間にか俺に隠れて練習するようになった。よっぽど野球が好きで、俺に負けたくなかったんだろうな。それでも俺が打っちまうんだけどさ」

「……自慢か？」

「ちげぇよ。これでも気を遣ってたんだぞ。俺に打たれる度にあいつは隠れて練習するから、俺の遊び相手がいないっつーの。仕方なくその辺の年下のガキ捕まえてキャッチボールから教えて……つーか隠れて練習っていっても一緒に暮らしてるんだぞ、気づかないフリするのだって大変なんだから」

うっかり遭遇してしまわないように出掛ける時間をずらしたり、少し遠くの空き地を探したり、色々と苦労したものだ。

「気づかないフリか……そういうのって、たいてい相手も気づいてるんじゃないか？」

「……そうかもな」

ボールがミットに収まる乾いた音が、虚《むな》しくグラウンドに響いた。

確認しようにも、今はできない。ここにはいない人間に和人が想いを馳《は》せていると、なにを思ったのか純平は得心したように一つ頷いた。

「なんか、お前も意外と野球好きなんだな。安心した」

「は？　今の話でどうしてそうなる？」

「だって啓人が構ってくれないから、近所のガキ捕まえてキャッチボールしてたんだろ。結局お前も野球がしたかったんだ。野球は一人じゃできないからな」

「……俺のはただの暇つぶしだよ。啓人ほどバカみたいに熱中していたわけじゃない」

誤解をやんわりと否定する。けれど純平はなにやらニヤニヤした顔で和人のことを見ていた。

「……なんだよ」

「あのなぁ、本当に啓人に気を遣うなら、勝負のときはわざと空振りするもんなんだよ」

「…………」

咄嗟に言葉が出てこず、和人は力いっぱいそのニヤついた顔面目掛けて腕を振った。

「ダメね。今のところ一年生にはあまり期待しないほうがいいみたい」

帰り道、並んで歩く美咲が嘆息交じりに呟いた。

「ふーん、そうかそうか」

「なんでちょっと嬉しそうなのよ」

「べ、べつに……」

「あのねぇ、どっかの誰かさんがムキになって投げるから、全然実力が見られなかったっていうのもあるんだけど？」

「うっ……すまん」

冷ややかな目を向けられ、和人はパンッと両手を合わせて謝った。

「まあもとから今いるメンバーで戦うつもりで鍛えてきたんだし、掘り出し物がいれば助かる、程度の認識だから別に構わないわ」

さばさばとした様子で美咲は歩を進める。

通りでは様々な木々の梢《こずえ》が新芽の色をつけていた。

美咲が熱心に育てている木々たちも、厳しい冬を越えて芽を出し始めている。最近になってようやく、背後の頼もしさを和人も感じられるようになってきた。このまま育てば夏には立派な花を咲かせているかもしれない。名もない木々たちをここまで育てた彼女の情熱には恐れ入る。

今なら和人にもわかる。目の前の彼女は啓人や純平と同じく、野球バカなのだ。

冷然としながらも熱いものを秘めたその横顔を眺めていると、春風が彼女の髪を揺らした。ふわりと匂いたった甘い香りが、和人の鼻先をくすぐる。

「どうかした？」

「あ、いや……現状俺らの戦力はどんなものかと……」

「ピッチャーは悪くないわ。守備は……和人の目から見てどう思う？」

聞き返されて、和人は守備陣の顔を思い出す。

「いい……と思う。セカンドの櫛枝は守備範囲広いし、サードの久保《くぼ》もバント処理が上手いよな。ファーストの臼井なんかほとんどエラーしないだろ。外野にも、長打コースをよく助けられてる気がする」

「よし、周りがちゃんと見えてるわね」

満足そうに、美咲は頷く。

「それで……去年の先輩たちと比べても、守備は遜色《そんしょく》ないってことでいいのか？」

「当然でしょ。誰が鍛えてると思ってるのよ」

「そうか。そいつは愚問だったな」

「どう？　心強いバックがいて、少しは野球楽しんでる？」

瞳を覗き込むように、美咲が尋ねてくる。

冬休みに彼女から言われたのだ。『野球は楽しむものだ』と。あの日もらったお守りはいまも和人の胸元にぶら下がり、ほんのり熱を送り続けてくれている。

和人にとって野球は啓人を取り戻すための手段でしかなく、それは決して楽しむものではない。それでもいくらか肩が軽くなったのは確かだった。

「どうだかな」

わざとらしく和人が肩をすくめると、美咲は残念そうに嘆息した。

「まだかぁ。うーん、やっぱり問題は攻撃のほうかしらね」

「ああ、そっちはな……」

腕を組む美咲を見て、和人も苦い顔をする。

おそらく野球部員の誰もが実感しているだろう。点があまりにもとれないことを。

今日の一年生との練習試合も僅差《きんさ》の勝利だった。中学校を卒業して間もないピッチャー相手に三点しかとれないとは、もはや笑い事ではない。

「ウチの貧打は結構致命的なのよね。気づいてる？　練習試合でもほとんどの得点が相手のエラーが絡んだものよ」

「……そういえば、そうだな」

「きっと今度の春季大会もすぐ負けるわ」

「おいおい、それで大丈夫なのか？」

不安を感じて尋ねると、美咲は瞳を伏せて静かに首を横に振った。

「特別機動力のあるチームでもない、まともに長打力があるのは矢久原一人だけ。おまけに去年に比べてめっきり打てなくなった人はエースだから外すわけにもいかないっていうジレンマ。どうしろっていうのよ」

「……すまん」

片方の視力を失ってから、和人はとことん打てなくなった。遠近感が摑みにくく、思うようにバットにボールが当たらないのだ。

ただしそのことに関して、和人が周りからなにかを言われるようなことはなかった。

「冗談よ。打率が落ちてるのはチーム全体に言えることだし。和人に関しては下手に打って走って疲れて、それで次の回に打たれるくらいなら全部三振で構わないくらい」

ということだ。つまりほとんどの部員が、美咲の指示で和人が三振していると思い込んでいる。……本当に申し訳ない。

うなだれる和人の肩を、ポンと美咲が叩いた。

「とにかく和人は投げることだけ集中して。攻撃はあたしが考えるから。何人か足の速いのを入れて相手守備陣を揺さぶったり、ちょっと打順を変えてみるのもアリかもね。うーん、それから……」

悩ましげに話す美咲だが、その表情は生き生きとしていた。

それほどに野球が好きなのだろう。啓人ともこうして野球の話で盛り上がっていたのだろうか……。不意にチクリと胸が痛んだ。

棘《とげ》が刺さったように胸に残る痛みを、和人はあえて無視する。

今は夏に勝ち続けることだけを、そして最後に負けることだけ考えていればいい。

得体の知れない痛みを抱えたまま春は過ぎていき、やがて夏がやってくる。

＊

全国高等学校野球選手権大会、通称『夏の甲子園』の県大会が始まった。

前の試合が終わり、和人たちは手分けしてベンチに荷物を運んでいたが、空気が重苦しかった。

「いきなり優勝候補の千台松戸《せんだいまつど》と当たるとか、ツイてねぇなぁ」

「仕方ないだろ。新人戦も春も、俺たちはあっさり負けたんだから」

「去年の甲子園準優勝校がノーシードなんて笑えるよなぁ」

「千台松戸ってなんで一回戦からなんだ？　たしかすげぇピッチャーいるんだろ？」

「そのエース石動《いするぎ》が春は怪我で投げなかったからだよ。今日の試合もプロのスカウト見に来てるらしいぜ」

苦笑いとともに、チラホラそんな声が飛び交っていた。

美咲の耳に入ろうものなら途端に怒鳴られそうだが、あいにく彼女は本塁近くで相手チームとメンバー表の交換を行っている。

小さく息を吐いてから、和人は静かな、それでもハッキリとした声を出す。

「どこが相手だろうと関係ないだろ。今回は最後まで勝つ予定なんだから」

チームメイトの動きが一瞬止まった。わずかな静寂。

視線が和人に集まる。けれどもそこには嘲りや侮蔑《ぶべつ》のようなものは一切なかった。

「ま、それもそうだな」

「和人がそう言うなら、また奇跡ってのを起こしてみせますか」

「おっしゃ！　俺たち三年には最後の夏だからな。やってやろうぜ！」

ベンチの雰囲気がわずかだが明るくなった。決して楽観しているわけではない。自分たちがこれまで積み重ねてきた努力、そして各々がそれなりの覚悟を持ってこの場所にいる。それを再確認しただけだ。

ベンチに腰掛け和人は袋からグラブをとり出す。ボールを挟んで型付けしておいたグラブの紐を解《ほど》いていると、隣にドカッと純平が腰を下ろした。

「ずいぶんとエースが板についてきたな。チームの中心にいるみたいだ」

手に嵌めたグラブの感触を確かめながら、和人は周りには聞こえないような小さな声で呟いた。

「……中心にいるのは啓人だよ。俺じゃない」

「けど今は、お前がエースであることに変わりはないだろ」

「形だけはな。所詮俺は啓人のまがい物で、啓人みたいな本物じゃない」

「……そう思うなら、よく見とけよ。あっちは間違いなく本物だ」

そう言って、純平は投球練習をしている相手チームのピッチャーに目を向けた。

「エースで四番の石動蓮《れん》。最速152キロのプロ注目右腕。185センチの長身から繰り出されるボールは角度があって、変化球もよく曲がる。おまけにバッティングセンスも抜群。ぶっちゃけ木更津学院の宇賀地よりも厄介な相手だ」

「木更津より強いのか？」

「チームとしてはむこうが上だと思う。けど個人として見るなら、県内で石動以上の選手はいないだろうな。いわゆる才能の塊ってヤツだ」

「ふーん」

　ぼんやり和人がマウンドを眺めていると、純平が聞いてくる。

「羨《うらや》ましいか？」

「別に……才能とか、プロへの道とか、そういうのは全部むこうにくれてやるよ。かわりに今日の勝利だけはこっちがもらってくけどな」

「ああ、その意気だ」

　頷く純平に、今度は和人が聞いてみた。

「それで、純平なら打てるのか？」

「打つよ」

　迷うことなく純平は答えた。

「打たなきゃ俺たちは終わりだ。だったら相手がプロ野球選手だろうがメジャーリーガーだろうが、打つしかねぇだろうが」

「……打たなくても、ぶっちゃけあいつが投げられなくなればそれでいいんだろ」

　唇を湿らせて和人が相手ピッチャーをじっくり観察していると、隣からギロリと鋭い視線が飛んできた。

「なにを考えてやがる？」

「俺らが勝つことだけだよ。そのためにあいつを潰す方法を考えてる」

「おい、変な気は起こすなよ。打ち崩すのが難しいのはあっちも同じだ。お前は自分のピッチング以外の余計なことは考えるな」

「投手戦か……まあ覚悟はしてたから問題ない」

そっと胸に手をやると、間違いなく自分の心臓は動いていた。それでも拳を握り、和人は静かに胸を叩いた。


試合は和人たちの先攻だった。相手ピッチャーの石動は評判どおりの実力で、三振とピッチャーフライであっという間に2アウトになってしまった。

三番打者の臼井が打席に入る。四番の純平が腰を上げ、ネクストバッターズサークルに向かうのと入れ替わるように、美咲が和人のそばにやってきた。制服姿の美咲は、和人たちとお揃《そろ》いの野球帽を被っている。

「相手ピッチャーを見て、和人はどう思う?」

「簡単にアウト二つとったから、いいピッチャーなんだろ」

「そうね。本当に優れた選手だわ。千台松戸は攻撃も守備も、あの石動が要のチーム。彼を攻略できるかどうかで勝敗は決まるわ」

やはり、早い段階であのピッチャーを潰しておいたほうがいいようだ。

先ほど思いついた案を、和人は口にしてみる。

「なあ……例えばあのピッチャーに球をぶつけて怪我させるってのは……」

「そんなことして退場にでもなったら、ぶっ殺すわよ」

即座に射殺さんばかりの瞳で睨まれた。

バカ真面目な純平には間違いなく反対される案だ。聞くまでもなかった。一応美咲にも伺いを立ててみたのだが、こちらも論外だったようだ。

けれど和人自身、わかっていたことだ。相手が強ければ強いほど、自分が最初から最後まで抑えなければならないと。去年から、ずっとそのつもりで日々を過ごしてきたのだ。覚悟はとっくに決まっている。

隣で美咲が呆れるように大きく息を吐いた。

「でもまあ……それくらいの度胸があるなら、少しくらい神経摩《す》り減る展開になっても問題なさそうね」

「任せろ。この夏のために今まで散々タイヤ引いてきたからな。投手戦だろうが、何回まででも投げ抜いてやるよ」

肩を回しながら不敵な笑みを浮かべてみせると、美咲は露骨に眉をひそめた。

「はあ？　全部一人で投げ抜く気？　夏が終わる頃には肩壊れるわよ」

「一夏もてば十分だよ。甲子園が終わるまでもてばな」

「その覚悟は立派だけれど、もう少し自分を大事にしなさい」

「勝てるならなんだってするさ。肩がぶっ壊れようが、俺が全部〇点に抑えてやる」

闘志を漲《みなぎ》らせて和人は言ったが、美咲は小さく笑い飛ばす。

「和人の決意は十分わかったわ。けど悪いわね。投手戦にする気はないから」

「だから何百球だろうと…………え？」

聞き間違いかと思った。

顔ごと動かし美咲の顔をまじまじ見つめると、彼女は自信を湛《たた》えた表情で、

「初回から攻めるわよ」

ニヤリと口角を吊り上げる。

甲高い金属音が鳴り響いた。ちょうど三番打者の臼井がセカンドフライに打ちとられ、和人たちの初回の攻撃が終わったところだった。


一回裏。純平が美咲から相手バッターの特徴について念入りに聞かされていたので、和人は先にベンチを出た。マウンドの土は乾いていて、足で慣らすと土埃が舞う。やけに話し込んでいた純平がようやく出てきて、軽く投球練習をした。

そして試合開始の合図と同時に、純平が「しまってこぉ！」と声を上げ、打席に一番バッターを迎えた。

キャッチャーミットは、ど真ん中にあった。

秋季大会の頃のように和人の制球が悪く球が荒れるということはない。純平は間違いなく、ど真ん中を要求していた。まずは一つストライクに入れて相手の様子を見たいのか、和人に対して思い切り腕を振れ、という意図があるのかはわからない。ただ細かい配球は純平に任せると決めている。和人は言われたとおり、自分のピッチング以外の余計なことは考えないことにした。

腕を振ってサインどおりにど真ん中にストレートを投げると、バッターは初球から積極的に振ってきた。金属音とともに打ち上がった白球がセンター前にポトリと落ちた。

続く二番は打席に入るなり手堅く送りバントの構えをとった。純平のミットはど真ん中のまま。一球外して様子を見るような真似はしないようだ。

投げると、丁寧に勢いを殺した打球が和人の前に転がった。急いで和人は打球に突っ込む。素手でボールを拾い、身を捻りながら一塁へと投げようとするが「投げるな！間に合わない！」と純平の叫び声が聞こえた。微妙なタイミングだったが、一瞬の躊躇いの隙にバッターは一塁を駆け抜けていた。

すかさず純平がタイムをとった。集まった内野陣に、純平はグラブで口元を隠しながら作戦を伝える。皆わずかに動揺していたが、最後には覚悟を決めて守備位置へと戻っていった。ホームベースに戻った純平もミットを構える。ただし、純平は立ったままだ。敬遠のサインだった。

ノーアウト満塁で、四番打者との勝負。

打席にはエースの石動が立っていた。185センチの長身にはしっかりとした筋肉がついており、いかにも飛ばしそうな雰囲気だった。

それなのに、純平は高めのストレートを要求していた。

手の平で滲《にじ》む汗を念入りにユニフォームで拭きとってから、和人は投球モーションに入る。スパイクで土を噛み締め、思い切り腕を振った。

迫る直球にバッターの石動は反応した。豪快なスイングに、和人の背中を嫌な汗が伝う。直後に純平の乾いたミットの音が、グラウンドに響き渡った。

空振りに、石動はわずかに目を見開いたが、すぐに顔を引き締めバットを構える。

二球目も純平のミットは高めに置いてあった。ただし和人の緊張はさきほどよりも和らいでいる。

サインに頷き、和人はボールを投げる。初動は同じ、けれど今度は打者の手元で変化するスライダーだ。打ち急いだ石動のバットがボールの上を叩く。ボテボテと転がった打球を和人は捕球し、再び純平に向かって投げる。キャッチと同時にホームベースを踏んだ純平は強肩を生かして二塁へ送球。さらに二塁に入ったセカンド櫛枝がすかさず一塁へとボールを送る。ボールがファースト臼井のミットに収まると、塁審が「アウト！」と叫んだ。

満塁策が功を奏した、トリプルプレーだった。

左右の観客席から歓声とため息が同時に聞こえてくる。ベンチに戻る途中にすれ違った石動は、悔しそうに顔を歪めていた。

タオルを引っつかんで汗を拭きながら、和人は机の上に広げたノートにスコアを書き込んでいる美咲の横に腰掛けた。

「なあ……今のトリプルプレーって、もしかして試合が始まる前から狙ってたのか？」

初球から純平のリードに違和感があった。思い当たるのは、守備につく前に純平と美咲が長い時間話し合っていたことだ。

「初回から攻めるって言ったでしょ。ウチの打線はあまり期待できないもの。守備で流れを摑むしかないわ」

「凄い自信だな」

「それだけの練習はしてきたでしょ」

平然と美咲は言った。

わざと満塁にして、相手の四番を相手にトリプルプレー。だが一歩間違えば初回から大量失点の場面だった。試合の流れを引き寄せるためとはいえ、ずいぶんと無茶をしたものだ。

「それにしてもいい度胸ね」

グラウンドを見つめたまま美咲は言う。視線の先では純平が鋭いスイングで素振りをしていた。

なんのことかわからず、和人は首を傾げる。

「は？　美咲が考えた作戦だろ？」

「あたしが言ってるのは、ピッチングのこと」

おそらく、さきほどの石動との勝負のことだろう。

満塁で迎える相手チームの四番打者との対戦。初球のストレートこそ緊張したが、二球目はそれほどでもなかった。なぜなら初見の相手に『啓人のスライダーが打たれるわけがない』という自信が、和人の中にはあったから。

「一、二番相手にど真ん中に投げたでしょ」

けれど美咲が口にしたのはまったく違う場面だった。

「あ？　純平があそこに構えてたからな。塁埋めるなら球数抑えたかったんだろ」

「少しも表情を変えずに投げるほうも、たいしたもの――」

話を遮るように甲高い金属音が鳴り響き、ベンチが総立ちになった。

青い空に浮かんだ白球がスタンドに吸い込まれていった。歓声を浴びながら、純平はゆっくりとダイヤモンドを回っている。

「ほら。中途半端なボールでど真ん中に投げると、こうなるのよ」

「むこうもわざと真ん中に投げたのか?」

「まさか。今のはピッチャーが集中できてない、ただの失投よ」

ホームベースを踏んだ純平をハイタッチで迎え、続くバッターにも期待の声が掛かる。先制点をとり、初回よりもベンチは活気づいていた。

「矢久原のおかげで、試合の流れが完全にこっちに来たわね」

ベンチに腰を下ろした美咲はニッと笑みを浮かべた。

思わず和人は怪訝な表情をしてしまう。

「たかが一点、だろ」

「そうね。でもこの一点はとてつもなく重いの。もちろん最後のアウトをとるまで気は抜けないけどね。石動は完全に動揺してる。決定的なチャンスを潰してしまったことが今も頭に残っているはずだし、こっちが先制したことでそれは回を重ねるごとにこびりついて頭から離れなくなる。きっともう自分のピッチングなんてできないわ」

「けど試合は始まったばかりだ。プロ注目の選手らしいし、後半に立ち直るかも――」

「もしこの後立ち直れたとしても、そのときにはもう遅い」

たしかな口調で美咲は断言した。

歓声が上がり、続けてバッターが出塁していた。

「どうして?」

「たまにいるのよ。ああいう高校生レベルを明らかに超えている選手って。そういう選手がいると、どうしたってその選手中心のチーム作りになる」

「それが悪いってのか？」

「悪くはないわ。だってそれが強くなる一番の近道で確実な方法だから」

「だったら――」

「だけど、脆《もろ》い」

六番打者の高木《たかぎ》はフライを打ち上げていた。けれど相手チームのセカンドが目測を誤ったのか落球し、チャンスが広がる。

視線はグラウンドに向けたまま、淡々とした口調で美咲は続けた。

「あまりに飛び抜けた選手がいると、どうしたってその選手に依存しがちになってしまうわ。特にそれがピッチャーなんてポジションならなおさらね。そして精神的な柱が崩れてしまえば、周りは本来の力が発揮できなくなる」

「そういうものなのか？　よくわかるな」

「私たちも経験したじゃない」

グラウンドから金属音が鳴り響く。勢いのあるゴロの打球を、相手サードは後ろに逸らしてしまう。立て続けのエラーで追加点が入った。

「言ったでしょ。投手戦にする気は最初からないって」

大方の予想を覆し、試合は五回コールドゲームで和人たちが勝利した。

＊

初戦こそコールドゲームで勝ったものの、和人たちの貧打が改善されたわけではなく、二回戦以降は僅差の試合が続いた。

すべての試合で和人は先発したが、完投したのはコールド勝ちした初戦だけだった。

「今年の夏は誰か一人に負担をかけない、全員野球で勝ち進むわよ！」

エースに頼った野球はしないと、ミーティングで美咲は口うるさく言っていた。

一応マウンドを降りてもいつでも戻れるように和人はライトの守備につくのだが、打たれはしないかと、自分がマウンドに立っているときよりも落ち着かなかった。しかし不安をよそに、チームは勝ち続けていた。

迎えた準決勝。五回の裏が終わって、試合は一対〇で和人たちがリードしていた。相手の攻撃を三者凡退に抑えた和人がベンチに戻ると、この日も美咲のよく通る声が聞こえてきた。

「瀬良、肩作っておきなさい。次の回からいくわよ」

「ウッス！」

威勢《いせい》の良い返事とともに二年生投手の瀬良が、控えの捕手を連れて投球練習へと向かった。

たしかにこの夏は瀬良との継投でここまで勝ち上がってきた。だが準決勝ともなると相手チームも手強《てごわ》く、この試合は一点が勝敗を左右すると思われた。たまらず和人は美咲に詰め寄る。

「おいおい一点差だぞ。俺ならまだ投げられ——」

「あんたはライト。その気持ちだけは切らさないで」

射るような美咲の瞳は反論を許してくれそうになかった。

渋々和人はタオルを手にとりベンチに腰を下ろす。

「マウンド降ろされるのがそんなに不満か？」

隣に座った純平がボトルを差し出しながら聞いてきた。

奪いとるようにボトルを引っつかんで、がぶ飲みしてから和人は答えた。

「別に……ただ負けたくないだけだ」

「ならおとなしくしてろ。藍沢はお前一人に負担を掛けたくないんだよ。それと、お前に依存したチームを作りたくないんだろ。エースの調子に左右されない、一人一人が『自分がどうにかしてやる』って気持ちを持った、強いチームに」

「そんくらいわかってるよ。けど、俺が崩れなきゃそれでいいんだ……ってぇな!?」

タオルで汗を拭っていると、突然ミットで頬を叩《はた》かれた。

「視野が狭い」

「俺の目が片方しか見えてないの知っててよく言うぜ」

「そのことじゃない。互いの未熟を補うのが野球だ。お前はバカだって言ったんだ」

「はあ？　それを言うなら夏を一人で投げきったバカ野郎がいただろうが」

「ああ……本当に、大バカ野郎だよ」

そう言ってマウンドを見つめる純平の目は、少し寂しそうだった。純平にとっても最後の夏だ。やはり和人ではなく、啓人の球を受けたかったのだろう。同情はするが、和人も被害者だ。慰めの言葉を掛ける気はさらさらない。

黙っていると、純平がゆっくりと口を開いた。

「まあ、ちょうどいいかもな。藍沢に聞いたら決勝は最後までお前でいく予定だそうだ。勝てばしばらく休めるからな」

「決勝どころかここで打たれて負けたら、なにもかも終わりだろ」

トーナメントは一度の負けも許されない。たった一つの敗北で甲子園への道は閉ざされてしまう。それはつまり啓人を取り戻すことができなくなるということだ。語気を強めて言うと、純平は小さく嘆息した。

「それくらい藍沢もわかってる。でも今日の相手は守備のチームだから打線はそれほど怖くない、って判断したんだろ。瀬良も逞《たくま》しくなったし、少しは信じろ」

「……わかったよ。でもヤバくなったら意地でも俺が投げるからな。一点もやる気はない。全員ねじ伏せてやる」

相手チームを睨みつけながら和人は言う。

マウンドには照りつける日差しが容赦なく降り注いでいた。相手チームのピッチャーは帽子をとってしきりに汗を拭っている。吹奏楽部の演奏に合わせて観客席から声援が飛ぶ。和人たちのベンチも必死に声を張り上げていた。

声援に紛れて、ポツリと純平が呟いた。

「あついな」

首を傾げて和人は隣に座る純平を見る。

「あ？　夏なんだから当たり前だろ」

「それもそうだ」

直後に甲高い金属音が響き渡り、純平が立ち上がった。

大きな体に邪魔され打球の行方が見えなくなったので和人も腰を上げて身を乗り出す。

刺すような夏の日差しが眩しかった。

*

準決勝を一対〇で勝利し、和人たち春星高校は決勝戦へと駒を進めた。

決勝戦の相手は春の甲子園ベスト4の木更津学院に決まった。冬の練習試合で、和人たち春星高校が負けた相手だ。春星高校は昨年夏の甲子園で準優勝したが、そのときのメンバーはほとんど卒業してしまっている。それに引き換え木更津学院は春のメンバーがそのまま残っていた。この県大会も優勝候補の筆頭だった。

決勝戦までは中一日の猶予があったが、その日は疲労を考慮してキャッチボールなどの軽めの練習で済ませた。練習後のミーティングでは『決勝戦は和人が投げられるところまで投げる』と美咲が告げた。誰も異論は口にしなかった。

先発して、完投してこそのエース。啓人はそうやって甲子園の決勝までいったのだと、和人は自然と拳を握っていた。

帰り道、難しい顔でスコアブックを睨みつけている美咲の隣を、和人は歩いていた。

「ちゃんと前見て歩かないと危ないぞ」

「前は和人が見て。あたしは忙しいから」

やれやれと、和人は周囲の車や自転車の通行に気を配った。

約一年間こうして美咲と帰り道を歩いてきた。恋人らしい会話はなく、いつも話すのは野球のことばかりだった。啓人もきっと、そうだったのだろう。

「明日勝って、ようやく甲子園か」

「気が早いわ。勝てば、甲子園よ」

スコアブックに視線を落としたまま、美咲は言う。

横から覗き込むと、熱心に見ているのは決勝戦の相手チームのデータだった。

「やっぱり木更津学院は強いか？」

「簡単には勝てないでしょうね。今年も選手層が厚くバランスのとれたいいチーム。特に今大会一試合平均八得点の打線は強力ね」

「そいつらを抑えないと勝てないか……」

春の甲子園でベスト4のチームだ。無失点に抑えるのが難しいことくらいわかっている。それでも、やるしかないのだ。勝たなければ、甲子園にはたどり着けない。

和人が気を引き締めていると、ふっと美咲が顔を上げた。

「大丈夫？　前にも言ったけど、一人で背負い込みすぎじゃないの？」

以前に言われたのは正月だっただろうか。

『二人で日本一を目指す』

たしかそんな約束を、啓人と美咲は交わしていたとか……。

エースピッチャー一人に頼らない、日本一のチームを作る。そんな思いが美咲にはあるのだろう。チームを強くすること自体はありがたいが、そのために今年の夏は和人に完投させずに継投策をとっていたのなら、それは余計なお世話でもあった。

「前にも言ったけど、大丈夫だよ」

「去年の夏もそう言って、甲子園の最後の最後で打たれたじゃない」

あれは連投の疲労で打たれたのではなく、啓人がわざと打たせたのだ。啓人は最後まで一人で投げきってみせた。

とはいえそれを美咲に説明できるはずもない。理解できる人間は、この世界に和人と純平しかいないのだから……。

黙っている和人の顔を、美咲はじっと見つめて言った。

「あんたの視力、急激に落ちたでしょ」

「え？」

驚きの声を和人は漏らす。啓人のスライダーと引き換えに和人が左目の光を失ったことは、純平にしか話していないはずだった。

「気づいてないとでも思ったの？　最初に疑問に思ったのは打率が極端に悪くなったからだけどね。ときどき何か見にくそうにしているし、こうして毎日一緒に帰っていれば、視力が落ちてることくらい気づくわよ」

見透かしたように美咲は言う。

もしやいきなりスライダーを身につけたことも、それどころか啓人と入れ替わっていることも、気づいているのだろうか？

ごくりと唾を呑みこむ和人に、美咲は続けた。

「急激な視力の低下はストレスが主な原因らしいから……やっぱり甲子園の決勝で最後に打たれたの、相当ショックだったんでしょ」

「えっと、それは……」

「わかってるわ。あたしがあの一投を『気にするな』なんて言っても和人の後悔や重圧が消えるわけじゃない。あたしにできることは、和人が少しでも投げやすい環境を作り上げて、和人の負担を減らすことだけ。でも……明日の試合は和人に頼ることになると思う。ごめんね」

申し訳なさそうに美咲は目を伏せた。

視力を失った原因は全く違うのだが、美咲の解釈のほうがよほど現実的に思えた。そもそも片目を売ってスライダーを買うなど、荒唐無稽すぎて思い至るはずもない。

とんだ見当違いに、和人はホッと胸を撫で下ろす。

「本当に大丈夫だよ。瀬良との継投のおかげで全然疲れてないし、最近は打率もちょっと上がっただろ。純平のリードも頼もしいし、それに……ちゃんと美咲も俺の支えになってるから」

ひとまず美咲の不安を取り払おうと、和人が柔らかい笑みを作って返してみると、

「バカ」

なぜか拳が、和人の横っ腹に食い込んでいた。

「うぐっ……なんで殴るんだよ！」

「うるさいわね。なんか殴りたくなったのよ」

「はあ？　もしかして、顔に似合わず照れてるんじゃゃ——うぐっ、いってぇな！」

「黙りなさいよ！　肩じゃないだけありがたく思いなさい！」

続けて同じ場所を殴りつけて、フンと美咲は顔を背ける。

感情的になりながらもしっかりエースの肩を気に掛けてくれている美咲に、一応和人は感謝しておく。

「へいへい、心配してくれてサンキューな」

「あんたのことなんか心配していない！　全然、少しも、これっぽっちも！」

「さっきと言ってることがちが——」

「あたしは明日の作戦考えるので手一杯だから」

遮るようにそう告げて、スコアブックと睨めっこを再開する美咲。やはり照れ隠しのようにも見えたが彼女の瞳は真剣なものだった。

その横顔に、和人はそっと声を掛ける。

「美咲はさ、なんか凄いよな」

「なにが？」

下を向いたまま美咲は返事をする。

「野球に対する執念っていうの？　普通は男子でもそこまで本気になれないだろ」

「和人こそ、一年生の頃からやたら日本一にこだわってたじゃない。目標が甲子園出場じゃなくて日本一って、ウチみたいな公立校じゃ普通考えないわよ」

「たしかにな」

日本一を目指すのも、甲子園で野球賭博を利用して金を稼ぐのも、その金で兄弟を買い戻すのも、全部啓人が考えた。最初に考えた啓人はきっと途方もないバカだったのだろう。和人は啓人にできたならと、後追いしただけだ。

「今まで聞いたことなかったけど、和人が日本一を目指す、なにか理由でもあるの？」

「あるけど、言わねぇよ。きっと笑われるから」

「なによそれ？」

「言いたくないってことだよ。そっちだって、女のくせにどうして野球部にいるのかとか、聞かれたくないだろ」

「野球が好きだから。他に理由がある？」

顔を上げた美咲は真っ直ぐ和人を見た。

思わず和人はドキリとしてしまう。

「いや、そうじゃなくて……女子だと珍しいだろ、汗臭い野球が好きになるとか。好きになる、なにかキッカケとかあったのか？」

「親と一緒に、毎年夏の甲子園を一緒にテレビで見ていたのがキッカケといえばキッカケかしらね。ウチの親、昔は社会人野球の監督やってたのよ。体調崩してもう一線は退いたけど。あの頃は毎日忙しそうで、夏のお盆休みくらいしかお父さんと一緒にいる時間ってなかったのよね」

どうやら親が社会人野球の監督という噂は本当だったようだ。

「それと小学生の頃にやった遊びの野球がとても面白かったから……って、あれ？　この話は前に和人にしたような……したわよね？」

「ああ、うん。した……と思う」

おそらく啓人にしたのだろう。和人の記憶にはない。

曖昧な記憶に首を傾げながら美咲は続ける。

「それで昔はこの辺りに住んでたけど親が監督辞めたタイミングで転校して……あたし実は中学のときは福岡のシニアチームでレギュラーだったのよ。これは言ってなかったわね。野球部の誰にも言ってないもの」

「なんとなくそんな気はしてたよ。ノックとかすごい上手いもんな」

「なんだ、バレてたのね」

「そんだけ上手いんだから、高校で女子野球部のあるところに進学する、って選択もあっただろ？」

「それは……」

わずかに目を伏せ美咲は逡巡《しゅんじゅん》し、やがて小さく息を吐いてから口を開いた。

「高校からこっちに戻ってきて、家の近くに女子野球部のあるところがなかったのもあるけれど……やっぱり自分がグラウンドに立てないのがわかっていても……どうしても夏の甲子園、目指したかったから。この気持ちは男子に言ってもわからないでしょうね」

「ふーん、そういうもんか」

生返事をする和人に、美咲は自嘲気味に言った。

「笑いたきゃ笑いなさいよ、知ってるんだから。男子たちがあたしのこと、野球のことしか頭にないおかしな女だ、っていつも陰口叩いてるの」

「笑うかよ。美咲のおかげでチームは強くなったんだし。理由は人それぞれだろ。それに俺が日本一目指す理由のほうが、ずっと笑える」

ガイコツの神様に売られた兄弟を取り戻すため、だなんて浮世離れしすぎている。

わずかに目を丸くした美咲は口の端を引くと、まじまじ和人の顔を覗き込んでくる。

「へぇ、別に笑わないから言ってみなさいよ」

「言わない、って言っただろ。絶対笑うし……それ以前に信じないだろうけどな」

「笑わないわよ。でも、そうね……そんなに笑って欲しいなら、日本一になったときにバカ笑いしてあげるわよ」

「ぜひそうしてくれ」

そんなときは来ない。なぜなら和人が目指しているのは日本一ではなく、日本一を目前にした九回からの大逆転負けだから……。

投げやりに答える和人に対し、美咲は頰を膨らませる。

「なんだかあたしにだけ話させて、ズルいわよ」

「そうか？」

「せめて和人が野球を始めたキッカケくらいは話しなさいよ」

詰め寄られて、和人は言える範囲で答えた。

「キッカケは……ただ周りに野球好きがいて、俺もつられてなんとなく始めたんだよ」

「それだけ？」

「そんだけ。みんなそんなもんだろ。そこの交差点の先にコンビニあるけどさ、あそこって昔は空き地で、よくキャッチボールしたりして遊んでたんだ。野球が好きってほどでもなかったけど暇つぶしにはちょうどよかったから、中学も部活の軟式でやってた。高校もその流れでなんとなく野球部に入った。以上」

「………えっ？」

手短に話したせいか、わずかな間を空けて美咲は戸惑うような声を上げた。

「思いのほか普通すぎて驚いたか？」

「それもあるけど……いえ、なんでもないわ」

「なんだよ。言いたいことがあるなら言えよ」

わずかに迷う素振りを見せたあと、美咲は少し恥ずかしそうに答えた。

「その……あたしたちって毎日一緒に帰ってるのにお互いの話をすることってほとんどなかったんだ、って今さら思ったのよ」

「それは美咲がいつも野球の話ばっかりだからだろ」

「だっていっつも和人はスタスタ歩いていくから、その日の練習やチームの話をする時間しかないのよ」

「悪かったよ……練習後で腹減ってたから」

半分は嘘だった。たしかに腹も空《す》いてはいたが、それ以上になにを話せばいいのかわからなかったのだ。かつて啓人と美咲がどんな会話をしていたかわからず、迂闊《うかつ》なことは喋れなかったから、無口にならざるを得なかった。

中途半端な言い訳は、あっさり美咲に看破される。

「嘘ね。知ってるのよ。毎晩矢久原と二人でコソコソ練習してることくらい」

「腹が減ってたのは本当だぞ。純平との練習までになにか腹に入れておきたくて――」

「はいはい。まったく、野球バカなんだから」

「野球のことしか頭にない女に言われたくないな」

むっとした表情の美咲と視線が交わる。

しばし見つめ合っていると、美咲はニヤリと口の端を吊り上げた。

「そうよ、あたしは野球に魂を売った哀れな女なの」

「誰もそこまでは言ってないけど……」

「だから、明日も勝つわよ」

ポンと優しく肩を叩かれ、不敵な笑みを返す和人。

「当然だ。目標は日本一だからな」

「そうね。日本一になって、絶対にバカ笑いしてあげるわ」

美咲と別れた和人はコンビニに寄って、おにぎりとスポーツ飲料を購入した。早めに練習を切り上げたため夕食まで時間があり、加えて純平からは『しっかり休め』ときつく言われ、夜の練習もない。小腹を満たすにはちょうどいい時間だった。

コンビニを出たところで、バッグの中のスマホが鳴り出した。画面を見ると名前はなく、無機質な十一桁の数字だけが表示されている。だが見覚えのある番号だった。

この世界に和人が戻ってから、啓人の着信履歴を眺めて気づいた、唯一名前を登録していない番号――昨年の甲子園決勝戦の日に、啓人が電話をしていた番号だ。

通話ボタンを押して、和人はスマホを耳に当てる。

『おっ、出た出た。よお、久しぶりだな』

「………」

聞こえてきたのは、思っていたより若そうな男の声だった。

『忘れたとは言わせねぇぞ。去年の夏の甲子園では世話になったな。お金のために投げる真っ黒に汚れたエース君』

あの夏、啓人が金のために投げていたことを知っているのは、和人と純平を除いて、野球賭博に関わっている者だけだ。勝ち続ければどこかで接触してくるだろうと覚悟はしていた。むしろ接触してくれなければ困るのは和人のほうだ。

努めて冷静に和人は応じた。

「用件は？」

『今年もあと一つ勝てば県代表みたいじゃねぇか。どうだい、調子は？』

「それで、用件は？」

『カカッ、相変わらず愛想のねぇガキだ。まあ話が早くて助かるがな。今年も俺らに協力してくれねぇか?』

「今年もわざと負けろってことか?」

『もちろん報酬は弾むぜ』

野球と金儲《かねもう》けを結びつけるのが当たり前という男の思考に嫌悪感が増す。啓人はなにを考えてこんな男の話にのったのか一瞬考え……答えはすぐに見つかった。

決まっている、和人を買い戻すためだ。

小さく息を吐き、和人は切り出した。

「……一つ、確認したいことがある」

『わかってるとは思うが、断るっつーのはナシだ。もし断ったら、去年てめぇがしたことをマスコミ連中にバラす。そうしたらてめぇは二度と表舞台に立てなくなるし、野球部は活動休止どころか最悪なくなっちまうかもしれ――』

「甲子園の決勝、八回終了時点で十点差。ここからの逆転負けに、あんたらはいくら払う?」

和人が純平と考えたプランを提示すると、電話のむこうから人を小馬鹿にしたような笑い声が聞こえてきた。

『ケケッ、なにバカなこと言ってやがる。そんなあからさまなことをしたら、てめぇは破滅まっしぐらの――』

「いくら払うかって、聞いてるんだ」

語気を強めて和人は尋ねる。

しばし間を空けてから、男は言った。

『……一億だ。本当にできるならな』

「わかった」

『マジかよ。去年も思ったが、今年のてめぇはさらにイカれてやがるな。そんなに金が欲しいならとっととプロにいけよ。そこで俺らと手を組めば――』

まだなにか言いかけていたが、構わず和人は通話を切った。

こびりつくような耳障りな声を振り払うように、和人は握ったスマホを地面に叩きつけたくなるが……その動きをピタリと止める。

人の気配に振り返ると、

「……わざと負けるって、どういうこと？」

いつからそこにいたのか、別れたはずの美咲が立っていた。

心臓を鷲《わし》掴みにされたように硬直する和人の口から、掠れた声が漏れる。

「なん……で……？」

「ちょっと……和人に確認したいことがあったから。そんなことより、今の電話、だれ？　甲子園の決勝で逆転負けって、それ……去年の話じゃ……」

おそるおそるといった様子で美咲が聞いてくる。

電話の相手の声は聞こえていないはずだ。自分はなにを言った？　どこまで聞かれた？　美咲はどこまで理解している？　頭の中で思考がぐるぐる高速で駆け巡る。

戸惑う和人を、美咲がじっと見つめてきた。

「もしかして、甲子園に……日本一にこだわってるのは、お金のため……なの？」

ああ、と和人は心の中で天を仰いだ。彼女は、和人の野球に金銭のやりとりが関わっていると、気づいてしまったのだ。それでも瞳を揺らして尋ねてくるのは、ただ信じたくないだけだろう。

美咲を巻き込みたくないからと自らに言い聞かせて「違う」と口にするのは簡単だ。けれど彼女が求めているのはそんな中途半端な優しさではなく、真実だった。

観念して、和人は小さく頷いた。

「ああ、そのとおりだよ。なんつーか、金のためといえば、金のためなんだけど――」

サッと美咲の顔に朱が差し、彼女の腕が持ち上がる。

「ふざけないで！」

和人の耳の中で音が爆《は》ぜた。

手首のスナップを利かせた容赦ない平手打ちだった。モロに食らった和人にむかって、美咲は怒鳴る。

「少しは避けなさいよ！」

ガンガンと耳鳴りのする痛みを受け入れながら、和人は言った。

「ふざけてねぇし、避けられねぇよ。こっちの目は視力が落ちてるどころか、まったく見えないんだから」

話せばきっと幻滅されるだろう。野球を道具として利用しているのは、和人も野球賭博の連中と変わらないのだから。

泣きそうな顔で睨みつけてくる美咲。

彼女とは一緒に帰るどころか、二度と話すことはないかもしれない。

突き刺さる視線から目を逸らさずに、和人は全てを打ち明けた。

一つずつ、ありのままの真実を。


「は……な、なによ、それ……」

話を聞き終えた美咲は、震える指先を和人の胸に突きつけた。

「あんたには双子の弟がいて、あたしと日本一の約束したのはそっちで……悪い神様のせいで記憶が書き換えられてるとか、弟を取り戻すためにお金が必要だとか……小学生でも、もう少しマシな嘘つくわよ」

到底信じられない話だろう。悪い夢でも見ているかのように、美咲の瞳が揺れていた。本当に、これが悪夢や幻ならどれだけよかったか。

けれど、これが和人の現実だった。

「別に信じてもらえるとは思ってない。ただこの世界の俺は、啓人の偽者でしかないんだ。みんなの信頼も華やかな栄光も、全部過去に啓人が築いたもので、俺はなんにもしちゃいない。ここに俺の居場所はないから……だから啓人を取り戻さなきゃ、俺は何者にもなれないんだよ」

和人は真っ直ぐ、美咲の瞳に映る自分を見つめる。

そこに映っているのは啓人の人生という皮を被る、醜い男だった。とても窮屈で息苦しい表情で、ただ自由を求める哀れな男だ。和人が和人として生きるには、啓人ではない、和人の人生を取り戻すしかないのだ。

声を上擦らせながら、美咲が聞いてくる。

「……それが、和人が日本一を目指す理由なの？」

「ああ。啓人を取り戻して、自分の居場所も取り戻す。な、笑えるだろ」

「…………」

バカ笑いどころか美咲はクスリともしない。かわりにセミの鳴き声が鬱陶しいほどよく聞こえた。

いつの間にか日が傾いて、美咲の顔に影を作っている。

黙って和人をじっと凝視していた彼女の口が、そっと動いた。

「あたしと一緒に、日本一を目指す約束をしたときのことは、覚えてる?」

「それは啓人がした約束だからな。覚えてない」

「じゃあ、こうして一緒に帰るようになったきっかけは?」

「それも俺は知らない」

繰り出される問いに、和人は首を横に振っていった。

最近ようやく慣れてきた美咲の視線が、得体の知れない男を見る目に変わっていく。

細かくまつ毛を震わせながら、それでも美咲は和人から目を逸らさなかった。

「もう一つだけ、教えて……あたしのことをどう思っているの?」

そんなこと……付き合っているのだから『好き』しかないだろう。あくまで和人ではなく啓人は、だが。きっとどこまでが真実でどこからが嘘なのか、美咲の頭の中で整理がついていないのだと思う。

彼女の顔を正面から見据え、和人はきっぱり言った。

「俺はなんとも思ってない。でも安心しろよ。啓人はバカみたいに真面目だから。きっと美咲のことが好きだよ。戻ってきたら、大切にしてくれるさ。啓人を取り戻すためなら俺が片目を失うくらい安いもんだし、野球賭博の連中だって利用して――」

「もういいわ」

遮るようにそう告げて、美咲は踵を返して去ってしまった。

追いかけはしなかった。美咲は啓人の彼女なのだから、これが本来あるべき姿だ。わずかに胸を襲う痛みは、彼女を騙《だま》し続けていた罪悪感からだろう。

彼女がそばにいなくても、和人のやるべきことは変わらない。明日勝って、甲子園でも勝って勝って勝ち続け……最後に負ければそれでいい。

顔を上げると、遠くの空が薄暗い雲に覆われているのが見えた。

*

決勝戦の会場はマリンスタジアム。プロ野球でも使用される立派な球場だ。入り口前で集合している野球部員から少し離れたところで、和人は昨日の出来事を純平に伝えた。

「全部話しただと!?」

案の定、純平が素っ頓狂な声を上げた。

「声がデケェよ」

和人が注意すると、純平は慌てて口を噤《つぐ》んだ。

チラリと和人は野球部の面々の様子を窺う。純平の奇声に気づいた様子はないが、皆が緊張と興奮でそわそわしていた。勝てば甲子園、負ければ夏が終わるという試合で浮き足立つのはわかるが、それにしても落ち着きがなかった。

　理由は明白だった。このチームを引き締める存在、藍沢美咲の姿がないからだ。練習だろうが試合だろうが、誰よりも早く集合場所にいる美咲が今日に限っていないことがチームに不安を与えているのだ。

　小さく嘆息してから、和人は純平に向き直った。

「仕方なかったんだよ。昨日の帰り道に野球賭博の連中から電話が掛かってきて……気をつけてたつもりだったけど、美咲に聞かれてた」

「それで、全部聞いた藍沢はなんて……」

「もういい、って怒ってどっか行ったよ。啓人のことは信じられないとしても、野球賭博のほうは許せなかったんだろ」

「まあ藍沢は相当野球好きだろうし……野球賭博に関わってる連中なんてぶん殴りたいほど嫌いだろ」

「もうぶん殴られたよ」

「お、おう……さすが藍沢だな」

　少し赤くなった頬を和人が手で摩《さす》ると、純平は苦い笑みを浮かべた。

　ふと思ったことを和人は聞いてみる。

「純平も、啓人を取り戻したらやっぱりぶん殴るのか？」

最初に野球賭博の人間と関係を持ったのは啓人だ。そして純平も美咲と同じくらい野球が好きで、曲がったことが大嫌いなはずだった。

当然のように純平は頷く。

「ああ、一発殴らなきゃ気がすまねぇな」

「逃げろ、って忠告しとくよ」

強烈な一撃を見舞われる啓人の姿を想像し、和人は笑った。

すると真面目な顔で純平がたしなめてくる。

「気を引き締めろよ。まず今日勝つことを考えろ」

「……わかってるさ」

油断など、できるはずもない。決勝戦の相手は、春の甲子園にも出場している強豪の木更津学院。冬にやった練習試合でも負けている相手だ。

それに加えてさきほどから、ポツポツと地面に小さな染みができている。空を見上げると、どんよりと分厚い雲が重なっていた。まだ小雨程度だったが、傘を差して歩く人も増えてきていた。ドームではないため雨が降るとグラウンド状態にかなりの影響が出てしまう。攻撃よりも守備で試合の流れを作る和人たちには不利な条件だろう。

隣で純平が、顎に手を当て呟いた。

「しかしそうすると、今日はベンチから藍沢の指示はなしか……」

「顧問の佐藤は役に立たないしな。チームの采配《さいはい》は純平がしろよ」

「……俺でいいのか？」

美咲に負けず劣らず、純平も野球の知識は豊富である。ただ純平は和人の投球練習に付き合ったり、自ら打席にも立つため、サインプレーは美咲がすべて指示を出していた。

その美咲がいないのだから、純平が指示を出すのが最も堅実でチームの動揺も少ないことくらい、少し考えればわかるだろうに……。

当たり前のことを聞いてくる純平に、和人は苛立った。

「なんだよ、自信ないのか？」

「いや……そういうわけじゃねぇけど……」

歯切れの悪い言い方をする純平の瞳を、和人は力強い視線で射抜く。

「安心しろよ。相手の打線は俺が抑えるから。それでいくらかみんなも落ち着くだろ。純平はどっかで一点とってくれれば、それでいい。どうせ九回だろうが延長だろうが、俺が相手の得点を〇に抑えりゃ負けないだろ」

一人で投げきってみせる。と和人は覚悟を見せつける。

「……なんだよ、結局お前一人で野球やってるつもりかよ」

ぼそりと純平が吐き捨てるように言った。

たまらず和人は声を荒らげる。

「ごちゃごちゃうるせぇよ。それしかないだろうが！」

「……ああ、そうだな」

無表情で純平は言う。わずかに肩を落としたようにも見えた。

だが和人のやることに、変わりはない。全力で投げて、相手をねじ伏せること。それしか和人にできることはないのだから……。

「そこ！　男二人でなにコソコソ話してるの！」

突然背後から声を掛けられ、和人はビクッと体を震わせた。耳によく馴染《なじ》んだ、聞き覚えのある声だ。

振り返ると、ここにはいなかったはずの藍沢美咲が立っていた。

「ほら、とっとと荷物持って球場入るわよ」

集合時刻に遅れてきた気負いなど微塵も感じさせない強気な口調。ぼやぼやしていると尻を蹴っ飛ばされそうな勢いは、いつもの美咲だった。

急かしてくる彼女に、和人は問い掛ける。

「いいのか？」

「いいも悪いも、試合は待ってくれないのよ」

「そうじゃなくて……俺たちは、野球賭博の連中と通じてるんだぞ」

ムッと口を曲げた美咲は和人の問いには答えず、すぐそばにいた純平を睨んだ。

「俺たち……ってことは、やっぱり矢久原も知っていたのね」

美咲の鋭い視線に、逃れられないと悟ったのだろう。純平はすぐに白状した。

「ああ、知っていた」

「和人の双子の弟を取り戻す、ってところも？」

「そうだ。啓人を取り戻すために、俺たちは共犯を誓った」

誰にも信じてもらえないような言い訳を盾に、堂々と犯罪に手を染める予定だと告げる純平。

彼を見る美咲の視線が冷たくなる。きっと純平も殴られるだろうな、と和人が思わず自分の頰を手で触れていると、

「呆れるわね」

美咲は大きく息を吐き出した。それだけだった。

昨日の激昂《げっこう》からの嘘のような豹変《ひょうへん》振りに、和人は目を丸くする。

「……もしかして俺の話、信じてくれたのか？」

野球を汚す相手を美咲が見過ごすとは……。全てを話したものの、啓人のことまで信じてもらえるとは到底思っていなかった。

困惑した表情を浮かべる和人を、美咲はじっと見つめて静かに言う。

「和人の、双子の弟だっけ？」

「は？」

呆《ほう》けた声を和人が漏らすと、美咲は再度ハッキリと言った。

「和人の弟、今度会ったらぶっ飛ばしてやるわ」

それだけ告げて、美咲は集合している野球部員たちのほうへと歩いていってしまった。

残された和人と純平はポカンとその場に立ち尽くしていた。

ほどなく怒鳴り声がして、部員たちがテキパキと荷物を持って球場入りし始める。いつもの光景を眺めながら、そばにいた純平が口を開いた。

「案外普通だったな。まあ俺よりも藍沢が指示出したほうが、みんなプレーに集中できるからこれでよかった——」

「おい純平、ちょっといいか」

彼の話を遮り、和人はくいっと手招きをした。

一つ、やらなければならないことに気づいたのだ。

首を傾げながら顔を寄せてくる純平の……、

「ぐはぁっ⁉」

無防備なその腹に、和人は拳をめり込ませた。

すぐさま純平から抗議の声が上がる。

「なにしやがる!?」

「うるせぇ！ お前だけ殴られないのはズルいだろ！」

どこかスッキリした気分で、和人も球場入りした。


試合は投手戦だった。和人が三回までに六つの三振を奪うと、木更津学院エースの宇賀地も二塁を踏ませない好投を見せた。

迎えた四回表。しとしと雨が降り続ける空を見上げる。頭上にはどこまでも暗い雲が広がっており、雨はやみそうにもなかった。

和人は相手バッターに対して、初球にスライダーを投げる。かなり真ん中よりのコースだったが、相手はバットを振りすらしなかった。

ベンチの指示なのか、ここまで木更津の選手はスライダーを2ストライクまで見送ることが多かった。おそらく純平も気づいているのだろう。続けてスライダーのサイン。相手は見送り、あっさり2ストライクと追い込んだ。さらに純平はスライダーを要求してくる。相手もまさか三球続けてスライダーとは思わなかったのだろう。かろうじてバットに当てたボールは、ボテボテのサードゴロだった。

しかし打ちとったと思われた打球は、湿ったグラウンドのせいでセーフティバントのように勢いが失われる。慌てて突っ込んできたサードの久保が、ボールを素手で鷲摑みにして一塁へと送球するが、相手はかなりの俊足でセーフとなってしまった。

ノーアウトでランナー一塁。次のバッターは送りバントの構えだった。しかしおとなしく送りバントをするのか、エンドランに切り替えるのかは正直微妙だった。純平が一球外すようにサインを出してくる。頷いて和人が投球動作に入ると同時に、

「ランナーッ！」

誰かが叫び、一塁ランナーが走っていた。もう遅い。構わず和人は腕を振った。高めに外れた球にバッターはバットを引っ込め、純平がキャッチと同時に二塁へ送球。

審判は……腕を水平に広げた。際どいタイミングだが、セーフとなってしまった。

純平の送球は決して悪くなかった。セカンド櫛枝のベースカバーも悪くはなかった。今のは相手の走塁を褒めるべきだろう。

「チッ……」

わかってはいるのに、和人の口から舌打ちが漏れる。

相手バッターは今度こそ、手堅くバントでランナーを三塁に送ってきた。

1アウト三塁。スクイズも警戒して一球外すが、バッターにもランナーにも動きはなかった。浅い外野フライでも自慢の俊足で一点とれるという腹積もりかもしれない。

2ストライクに追い込むと、純平はキャッチャーミットを内角高めに構えた。ストレートで三振をとれ、と純平の意図が伝わってくる。少しだけ、和人は熱くなった。

雨足が強くなってきていた。ぬかるんだグラウンドはどんなイレギュラーを起こすかわからず、もはや内野ゴロでも安心はできない。グラブを胸に抱えた和人は三塁ランナーを睨みつけ、バッターを睨みつけ、最後に純平のミットを睨みつける。

流れるような投球フォームから思い切り腕を振るい……、

「っ!?」

指先でボールが滑った。投げた直後に和人の背中を冷たいものが走る。緩いストレートを相手バッターは見逃さず、右中間を破られる。三塁ランナーは悠々ホームへ帰還。外野がバタついている間に、打ったバッターにも三塁へと滑り込まれた。

マウンドで和人は白くなるほど唇を噛む。濡《ぬ》れた指先をユニフォームで乱暴に拭うと、ユニフォームもびしょびしょで余計に濡れて後悔した。

結局和人はこの後、犠牲フライでさらに一点を失ってしまった。

長かった四回表が終了し、ベンチに戻った和人はそっとバックスクリーンのスコアボードに目をやる。相手チームの得点ボードにははっきり『2』の数字が見えた。

たった一投。雨で滑ったあの一投さえなければ……と和人は頭を抱える。

勝利には少なくとも三点が必要になった。しかも相手は木更津学院エースの宇賀地だ。ただでさえ困難な道に、自ら画鋲《がびょう》をばら撒《ま》いてしまった気分だった。

自責と後悔の念に和人が俯いていると、ふわりとタオルが掛けられ、

「身体、冷やすなよ」

純平の声がした。

この後のピッチングを気にして言っているのだろう。どうやらまだ和人はマウンドから降ろされないようだ。一人で投げ抜くと豪語していたのは和人自身なのだから当然といえば当然のことだった。しかしたとえこの後を〇点に抑えたとしても、勝てるかはわからない。

身体がやけに重たく感じるのは濡れたユニフォームのせいだけではないだろう。下を向いたまま、和人は小さな声で自らの過ちを口にするが、

「……悪い。俺のせいで」

「謝るな。まだ負けてないだろ」

その言葉は即座に遮られた。

思わず和人は顔を上げる。純平は和人を見ていなかった。その視線は相手ピッチャーに注がれている。彼は真っ直ぐに前だけを見て言った。

「たかが二点差だ。この程度、お前にとっては絶望でもなんでもないはずだろ？」

目を見開いて和人は固まった。真っ暗闇に自分一人で、意識はあるのに指先一つ動かせない状況――かつて和人が味わった絶望に比べれば、いくらでも希望があった。そして希望に向かって、今の和人は足掻《あが》くことができるのだ。

鈍くなっていた和人の思考が少しずつ動き始めると、パンッ！　と目の覚めるような乾いた音がベンチに響いた。

「全員聞きなさい！　不運な形で失点したけどまだ四回、これからよ！」

手を叩いて部員たちの視線を集めた美咲は、続けて声を張り上げる。

「癪《しゃく》だけど相手もいいピッチャーね。変化球のキレがいいし、なにより制球力がある。でも制球力があるってことは、配球さえわかればそのコースにきっちりボールが来るってことよ。打ち返せないことはないわ！」

強気な態度は皆を鼓舞するためだろう。野球に詳しい美咲が劣勢なこの状況を理解していないはずがない。けれど彼女も、まだ諦めてはいなかった。

「なあ、それって相手のサインを盗むってことか？」

おずおずと、部員の一人が尋ねる。二塁走者や一、三塁のベースコーチが相手キャッチャーのサインを見て、味方バッターに伝えるのは立派な違反行為である。

当然美咲は首を横に振った。

「そんなことしなくても、ここまでの試合であのキャッチャーのリードはある程度わかったわ。丁寧に組み立てているから逆に読みやすいくらい。矢久原！」

この回先頭打者の純平を呼ぶと、美咲は自信に満ちた口調で言った。

「初球、外角低めのカーブ。見逃さないで」

「……任せろ」

静かに頷いた純平は、決意の表情で打席へと向かった。

ベンチが固唾《かたず》を呑んで見守る中、相手ピッチャーが振りかぶる。

ボールは……外角低めのカーブだった。

鋭いスイングで純平はフェンス直撃のツーベースヒットを放つ。観客席から歓声と拍手が上がり、グラウンドでは純平がガッツポーズをして応えていた。

観客席とは少し違った意味で、和人たちベンチも盛り上がる。半信半疑だった美咲の言葉が、一気に信憑性《しんぴょうせい》を帯び始めていた。

「次、三橋！」

くいっと美咲は、次のバッターである三橋を呼びつける。

「今打たれたから初球は警戒してくるはずよ。たぶんボール球だから見送りなさい。それとあっちは2ストライクまで追い込んだら、最後はカーブを使ってくるわよ」

「よっしゃ。それを狙えってことだな」

相手の決め球に三橋が狙いを定める。

しかしその意気込みを、美咲はバッサリ斬り捨てた。

「違うわ。あんたが変化球に弱いって、これまでの試合データでしっかり調べられているのよ。わかっていても、あんたじゃ打ち損じるわ。だから狙いはその前のストレート。

あのバッテリー、三球続けてカーブは使わないから。ストライクゾーンに来る球は全部真っ直ぐだと思って振りなさい」

「んなっ。あ、ああ……了解したぜ」

純平のときよりもかなり的確なアドバイスに三橋は面食らっていたが、最後には納得して打席へと向かった。

昨年の秋には和人の不調でやる気を失《な》くし、美咲にも反抗していた三橋だが、あれから心を入れ替えたのか真面目に練習を重ねてきた。その姿勢と野球センスを認めているからこそ、美咲も三橋を五番打者に起用しているのだろう。

一球目は外角に外れるカーブだった。際どいコースだったが三橋はしっかり見送り、審判がボールを宣告する。二球目は真ん中から低めに落ちるカーブ。三橋は見事に空振りした。ここまでカーブにタイミングが合っていないと、次もカーブを投げてきそうなものだ。

しかし三球目、相手ピッチャーは低めのストレートを投げてきた。真っ直ぐを待っていた三橋はキレイにセンター前へと打ち返す。またしても美咲の言ったとおりの配球だった。ノーアウトで一、三塁とチャンスが広がる。

次のバッターにアドバイスを送る美咲の姿を和人がぼんやり見つめていると、視線に気づいた彼女が近づいてきて、ゴツンと頭を殴られた。

「一人で野球やってんじゃないわよ、バーカ」

鈍い衝撃に、和人の瞼の裏で火花が散る。容赦のないゲンコツに文句を言おうとすると、金属音が聞こえた。高く上がった打球は、ライトフライ。だがタッチアップで三塁ランナーの純平がホームへと帰ってきて、一点を取り返すことに成功していた。

迎えた部員たちと順番にハイタッチを交わした純平は、和人の前で止まり、

「安心しろよ」

胸を張って言った。

「ちょっとくらいお前が打たれたって、取り返してやる。どんなに点差が大きくても俺たちが追いつけば、負けることはないだろ？」

口元を引いて似合わない笑みを見せる純平。

和人は自分の言葉を言い返されたのだと、一瞬間を置いてから気がついた。

ワッと歓声が聞こえ、グラウンドに目を戻すと打球が右中間を破っていた。一塁ランナーだった三橋は、二塁、さらには三塁を回り、果敢に同点を狙って走っていた。ホームベースに頭から突っ込んだ三橋だったが、相手の返球がよくアウトになってしまう。泥だらけになった三橋は「クソッ！」と拳で地面を叩いていた。

次のバッターである櫛枝に美咲が狙い球を伝える。打席に入った櫛枝は「ッシャ、こいや！」と気を吐いていた。ベンチでは他の部員が声をからして応援していた。

彼らの姿を見て、和人はようやく気がついた。自分だけではなかった。みんな必死だった。風船がしぼんでいくように、和人の肩から力が抜ける。

フッと和人は微笑を浮かべ、

「あんまり点差がでかかったら、ウチの打線じゃ追いつけないだろうが」

小声で純平に言ったつもりだったが、これには周りが反応した。

「和人てめぇ、調子に乗るなよ！」

「打線で一番打ててないのはお前だろうが！」

「俺たちだってたまには打ってやるよ！」

他の部員にも聞こえていたようで、声を荒らげ口々に捲《ま》くし立ててくる。

彼らの威勢に応えるように金属バットの音が鳴った。榊枝の一振りが、木更津学院エース宇賀地のボールを捉えていた。ライナー性の強い当たりだ。しかし打球はサード正面で、がっちりキャッチされ3アウトチェンジとなってしまった。

歓声が一瞬にしてため息へと変わる。いい当たりはいくつもあったものの、結局この回は一点を返すだけにとどまった。

「たまには、なんだって？」

立ち上がった和人は肩をすくめる。

「うぐ……」

「大丈夫よ。まだ四回が終わっただけ。逆転のチャンスはあるわ！」

気まずそうに口ごもる野球部員たちを、美咲が励ます。

それを見た和人はニヤついた笑みを浮かべた。

「美咲がそう言うなら、どうにかあと二点とって逆転できそうだな。あくまで美咲のおかげだけどな！」

「うるせぇ、わかってるよ！」

「どうせ俺らは貧打で、エース様に頼ったチームだよ！」

「いちいち言うんじゃねぇよ。俺らが虚しいだろうが！」

大声をぶつけ合っていると、負けているチームの暗い雰囲気が幾分和らいだ気がした。

それまでの暗い雰囲気を作り出していた一番の原因は自分だと、今の和人にはわかっている。だから、グラブを嵌めて守備につこうとする彼らを呼び止める。

「いいや、言わせろよ」

振り返る彼らと、そしてプロテクターをつけながら見上げてくる純平の顔を見て、和人は小さく息を吸い込んだ。

「やっぱり点差が広がったらウチの打線じゃ追いつけないんだよ。ようするに、これ以上むこうに点はやれないんだ……だから、後ろは頼んだぞ」

わずかに固まる彼らの横を突っ切り、和人はマウンドへと走った。

降り続いていた雨が、いつの間にかやんでいた。ユニフォームはまだ濡れているが、試合前より身体が軽い。早く投げたくて仕方なかった。

マウンドから空を見上げると、遠くの雲の隙間から薄っすら光が見えた。

# 第五章　甲子園のど真ん中から

県大会決勝戦は、四対二で春星高校が勝利。そして二年連続、夏の甲子園出場を決めた。

決勝戦の翌日。さすがにこの日は丸一日休養日となっていた。

リビングで麦茶を飲みながら、和人は置いてある新聞に目を通す。スポーツ欄には『昨年準優勝の春星高校、リベンジに燃える』といった記事が小さく書かれていた。きっと甲子園で勝ち進むごとにこの扱いが大きくなり、世間の注目も大きくなるのだろう。注目が集まるからこそ、最後の最後に負けることが価値を持つ。しかしそこに至るまでには、まだまだ越えなければならない壁は多い。

他の地方大会の結果を見ると、甲子園常連校が順当に勝ち進んでいる。この紙面に載っているほとんどの高校に投げ勝ったのかと、昨年の啓人の偉業にあらためて和人が感心していると、玄関のチャイムが鳴った。

新聞を置いて腰を上げた和人は玄関のドアを開け、来訪者を招き入れる。

「お邪魔します」

律儀に靴を揃える坊主頭は、純平だ。

「親は出掛けてるから、そんなかしこまらなくていいぞ」

苦笑しながら和人は純平を連れて二階の部屋へとあがった。

背中を向け合うように両側の壁に置かれた学習机とイス。知らない人が見れば一人しか住んでいないのに机もイスも全部が二つずつあるおかしな部屋だった。

片方に和人は腰掛け、純平にむかってもう片方を指差す。

「そっちのイス、座っていいぞ」

だが無視して純平は床にあぐらを掻いた。

「なんでそこに座るんだよ？」

不服そうに聞く和人に、純平は当然のように答えた。

「そのイスは啓人の座る場所だろ」

「あっそ。面倒なヤツだな」

いない人間に気を遣って正直バカなヤツだと和人は思うが、こうした純平の姿勢に救われていることもある。

しばしば和人でさえ曖昧になる啓人の存在。あの不思議な店での出来事が夢だったら、啓人なんて最初から存在せずにすべて和人の妄想だったとしたら……そんなことを考え不安な夜を過ごすこともあった。純平が啓人のことを覚えていてくれたから、和人も今日まで信じ続けることができたのだ。

ふと思い出し、和人は机の上においてある菓子折りに手を伸ばす。

「そういや甲子園の出場祝いに高そうな菓子もらったんだ。食べるか？　美味いぞ」

海外の高級菓子ブランドのロゴが刻まれた箱から、和人は菓子を一つひょいっと摘《つま》んで口に放り込み、残りが入った箱を純平に差し出す。

訝りながらも純平も菓子を口に含み、咀嚼《そしゃく》した。

「……たしかに、美味いな。誰からもらったんだよ、親か？　感謝しろよ。ウチの親なんて去年準優勝なら今年も出場するのが当たり前だと思ってやがる」

「くれたのは親じゃないけどな」

「ん、後援会か？　いやそれなら野球部全員がもらうな……じゃあファンか。去年も甲子園の最中は啓人宛にファンレターが届いたりしてたけど、あまり調子に乗るんじゃ――」

「野球賭博の連中から送られてきたんだよ」

「ブホォッ！」

純平は口から菓子の欠片《かけら》を飛ばし盛大にむせた。

「汚ねぇな。ま、共犯だから許してやるよ」

床に落ちた菓子屑《くず》を和人がティッシュで拾っていると、純平に睨まれる。

「……おい、騙したな」

「嘘は言ってないだろ。甲子園の出場祝いにもらったんだ。一人じゃ食べきれないし、親に食べさせる気にもならなくて困ってたんだ」

気楽な調子で和人は笑う。

呆れたため息とともに純平は菓子箱をひっくり返して、入念にチェックし始めた。

「箱に盗聴器とか仕込まれてるんじゃないだろうな」

「俺も探してみたけど、特になにもなかったよ」

「一緒に手紙かなんか入ってたのか？」

「いや、そういう足がつきそうなものはなかった。たぶん『お前の住所も知ってるぞ』っていう脅しだろ」

「それでも送り主がわかったってことは、野球賭博の連中から連絡があったんだな？」

純平の視線が鋭さを帯びる。

コクリと和人は頷いた。

「ああ、さっきまた電話が来た。甲子園の決勝戦は予定どおり、九回に十点差からの逆転負けで一億払うってさ。やっぱり一、二回戦じゃ注目度が低いからそんなに高額は支払えないんだと。それと連中も応援してるから、甲子園の決勝まではなんとしても勝ち進め、だってさ」

「クソほど嬉しくない応援だな」

「それでも俺たちは決勝まで勝ち進まなきゃならない、だろ？」

「わかってる。野球賭博の連中が喜ぶのはムカつくが、それは絶対だ」

念を押すように和人が言うと、純平は痕《あと》がつきそうなほど拳を強く握り締めて答えた。

今日家に呼んだのは今後の計画と、共犯として互いの想いを再確認するのが目的だったが、後者については必要なかったようだ。

となると、和人の懸念は一つ。

「美咲は、どこまで信用できると思う？」

「さあな。全部話したんだろ？　だったらその話をどこまで信じているか……」

「啓人を取り戻すとか馬鹿げた話を、本当に信じていると思うか？」

「俺に聞くな。少なくとも俺ら二人はその馬鹿げた話に必死だろ」

「そうなんだけどさ……」

『和人の弟、今度会ったらぶっ飛ばしてやるわ』

美咲はたしかにそう言っていた。試合後も和人や純平を問い質《ただ》すようなことはしなかった。それはつまり、和人たちに協力するということだろう。

彼女のことを信じたい。信じたいが、和人たちの馬鹿げた話をどうして美咲が信じることができるのか、その理由がわからず昨晩から悶々《もんもん》とした気持ちを和人は抱えていた。

悩む和人に、純平は言う。

「でもまあ、昨日の様子だと甲子園の準決勝までは協力してくれるんじゃないか」

「そっから先は裏切る可能性がある……かな？」

「ウチのチームは藍沢が監督権限握ってるようなもんだしな。甲子園の決勝で、お前をマウンドから下ろす、ってこともある」

「でもそんなことしたら周りが黙ってないだろ」

「いや、俺らの目的は最終回での大逆転負けだ。九回にお前が打たれてピンチになったら、ピッチャー交代ってのは自然な流れだろ」

「それは、そうかも……」

甲子園優勝を手に入れた上で、野球賭博の連中とそれに関わっていた和人たちの思惑も潰せて万々歳。美咲が啓人の件を信じていないとすれば、あり得る話だった。

「それが怖いなら、俺たちは決勝当日にどうにかして藍沢をベンチに入れない方法を考えないといけないな」

「もしくは決勝までにもう一度きちんと話をして、共犯を増やすか……」

顎に手を当て和人が説得方法を模索していると、純平が意外そうに片眉を上げた。

「ほお、珍しく優しいんだな」

「そうか？」

「お前なら、監禁するとか、毒でも盛って入院してもらう、くらい言うと思ってた」

物騒な言われようで、和人はフンと鼻で笑った。

「美咲なら這《は》ってでも来そうだろ。それなら味方でいてくれたほうが心強い」

「たしかにな。昨日の県決勝の試合前、藍沢がいなくて落ち着きがなかったからな」

「まったく、しょうがない連中だな」

集合時刻に美咲が遅れたときの野球部の面々を思い出し、和人は小さく嘆息する。

だが純平の視線は真っ直ぐ和人にむけられていた。

「お前のことだぞ」

「はあ？」

思わずパチパチと瞬《まばた》きを繰り返す和人。

苦笑しながら純平は理由を述べた。

「普段のお前、特に試合の日は淡々としてるだろ。それなのに、珍しく苛立ってた」

「それは……美咲が野球賭博のことを誰かに話すんじゃないかって、ハラハラしてたんだよ。マスコミにでもバレたら、その時点で俺らはゲームセットだろ。あと美咲は怒ると怖いんだぞ。いやマジで。普段の怒鳴ってるのが可愛く見えるくらい、いきなりビンタが飛んできたりして――」

「わかったから。それは昨日も聞いたから」

早口で反論する和人だったが、純平に制止されてしまう。

釈然としない気持ちを抱えながら、和人は昨日を思い出してみる。

球場に現れてから試合が終わって解散するまで、昨日の美咲は和人の知る普段どおりの、野球部にいるときの美咲に見えた。一昨日は野球賭博との関連を知ってあれだけ激昂していた美咲が、次の日にはいつもと変わらぬ態度で接してきたのだ。まるで作った笑顔の裏で怒りを煮えたぎらせているのではないかと、空恐ろしいものが和人の脳裏をよぎる。

「なあ……美咲のヤツ、怒ってる……よな？」

仮に和人たちの行動に納得していたとしても、やはり野球賭博に関わっている人間が嫌いなことには変わらないだろう。

たまらず和人が尋ねると、純平は呆れてため息を漏らす。

「それを俺に聞くのかよ。お前の彼女だろうが」

「啓人の彼女だろ」

「それでもここ一年、毎日一緒に帰っていたのはお前だろ。少なくとも俺よりは藍沢のことわかってるんじゃないのか？」

「それは、そうだけど……一応さ、啓人の日記に美咲についてなにか書いてないか調べたんだよ」

「で、どうだったんだよ」

「なにも書いてなかった」

「え？」

「どこにも美咲のことが書いてなかったんだよ」

「………」

わずかな静寂。

目を丸くした純平が首を傾げる。

「どこにも……書いてないのか？」

「見るか？」

机の上の棚から手近な一冊を手にとった和人は、訝る純平にむかって差し出す。

パラパラとページを捲《めく》る純平。しばらくしてその手が止まったかと思うと、パンと勢いよく日記を閉じ、純平は顔を上げた。

「野球の練習日誌じゃねぇか！」

騙されたといわんばかりに睨んでくる純平に、和人は肩をすくめた。

「だから言っただろ。どこにも美咲のことは書いてないって。他に日記があるのかと思ったら、そういうのも見当たらないし。これじゃあ啓人が彼女よりも野球を大切にする野球バカだってことしかわからないんだよ」

棚にはよれよれになるほど書き込まれた大学ノートが何冊もあるが、どれも練習内容や身体のケア、今後の課題など野球のことばかりで、プライベートについて書かれているものは一切なかった。

　じっと和人を見つめて、純平が口を開く。

「お前を取り戻すのに必死だったたんだろ」

「ほんと、バカだよなぁ……なあ、あの二人が付き合うきっかけって、純平も知らないんだっけ？」

「ああ、たしか一年の秋頃だったか……気づいたらくっついていた。啓人が俺になにか言うことはなかったし、俺も他人の色恋に口挟む気はなかったから、理由は知らない」

「そこは聞いとけよー。純平の大事な相棒がとられちゃったんだからさ」

　からかうように和人が言うと、純平はムッと顔をしかめた。

「別に……藍沢と付き合ってからも、啓人とは毎晩練習してたからな」

「夜は一緒ってか、気色悪いな」

「言い出したのはお前だろうが！」

「冗談だよ、じょーだん」

　怒気を孕んだ視線に睨まれ、和人は慌ててパタパタと手を振る。

　きっと啓人と美咲が付き合い始めたきっかけは、互いに野球バカ同士で惹《ひ》かれたとか、そんなところだろう。

　純平の知らないことを聞いても仕方ないので、和人は話題を変えた。

「ところで美咲の決勝戦での相手の配球読みとか、凄かったな。啓人の女房役で野球バカの純平もあれくらい読めるのか？」

　決勝戦での美咲は、相手ピッチャーの投げるコースをズバズバ的中させていた。あの予言めいたアドバイスのおかげで決勝戦は勝てたと言っても過言ではない。

　尋ねると、純平は首を横に振った。

「いいや、キャッチャーの俺でもあそこまで読めねぇよ」

「やっぱ、無理か」

「当たり前だ。ピッチャーとキャッチャーのデータ、試合の流れ。それを頭に入れても、そもそも配球読んでもピッチャーがキャッチャーの構えたところと反対方向に投げることなんて、高校野球じゃよくあることだろ」

「そういや相手が制球力あって助かる、とか言ってたな」

「それでもあそこまで的中させるなんて、どうかしてる」

「じゃあ美咲の野球バカっぷりが異常なんだな」

　うんうんと頷く和人。

　その様子を眺めていた純平がぼそりと呟く。

「……なんか、お前嬉しそうだな」

「そりゃあ嬉しいだろ。心強い人間が味方にいるんだからな。純平は嬉しくないのか」

「嬉しいよ。ようやくお前が味方を頼るようになってくれて」

真顔でそんなことを言われて、和人は背中がむず痒《がゆ》くなってしまう。

「は、はあ？　頼ってるんじゃねぇよ。手を貸してもらっているだけだ」

「味方を信じて打たせてとる。後半の投球は啓人みたいだったぞ」

「まあ……なんとなく、チームの一体感？　みたいなものは感じたな」

ぽりぽりと頰を掻きながら、和人がまんざらでもない笑みをみせる。

気を引き締めた表情で純平は言う。

「それでいい。俺もしっかりしないとな。藍沢みたいなヤツが相手ベンチにいたら、俺の配球も読まれちまうかもしれないし」

「考えすぎてドツボにはまるなよ。そこまで深く考えたって仕方ないだろ」

「わかってるはずだ。俺たちは絶対に負けられないんだ。それに、せっかくお前が味方を信じるようになったのに、俺が足を引っ張るわけにはいかないだろ。なにより俺のミスで失点するのは我慢ならない」

唇をぎゅっと結ぶ純平。

一選手としてのエゴを持ちながら、チームのことも考えている。かつての啓人の相棒は、きっと負けたとしても投手一人に責任を押し付けることはなかったのだろう。どこまでも責任感が強い男だ。

この男が共犯でよかったと、和人はあらためて思う。

「じゃあ純平は俺を信じろよ」

「あ？」

眉を上げた純平の目を見て、

「ちょっとくらい相手に読まれたとしても打てないような球を、俺が投げればそれでいいだろ？」

和人はニヤリと自信に満ちた笑みを浮かべた。

しばしポカンとしていた純平は、やがて小さな吐息を漏らす。

「……やっぱりお前は、啓人とは違うな」

「当たり前だろ。あと俺の制球力は期待するな。ちゃんと捕れよ」

「知ってるよ」

フンと鼻を鳴らした純平は、和人にむかっておもむろに腕を伸ばし、手をグーにした。

「やるぞ。絶対に甲子園の決勝まで行く。そこで逆転負けして、啓人を取り戻す」

強い意志のこめられた視線を受けて、和人も拳を突き出し応える。

「最初からそのつもりだよ」

ゴツンとぶつけた拳は、とても硬かった。

＊

翌日の練習後。

着替えを終えた和人は、美咲を誘ったほうがいいものかわからず途方に暮れていた。校門前でぐるぐる回りながら考えていると「なにしてるの？　帰るわよ」と美咲のほうから声を掛けられ、それまでと変わらず恋人同士のように肩を並べて歩いた。

スマホで他県の試合結果をチェックする美咲の横顔は、いつもと同じように見えた。けれど本当の恋人でないことは、すでに美咲に話しているのだ。この一年で慣れてきたはずの距離感が、和人は途端にわからなくなる。以前は野球の話をすればたいてい会話が続いたが、今は野球の話題に触れることすら危うい気がした。

黙って歩いていると、ふと美咲が顔を上げた。

ゴクリと唾を飲み込む和人にむかって、美咲が口にしたのは、

「ねぇ、和人って一年生のときも野球部だったんでしょ？　ポジションは？」

野球の話題だった。

そこに怒っている様子はなく彼女からは単純な好奇心が窺える。緊張していた自分がバカみたいで、脱力しながら和人は答えた。

「一応サード志望だったよ」

「ふーん、サードだったんだ……なんでピッチャーじゃないの？」

「ピッチャーは中学の頃から啓人がやってたからな。あの野球バカと張り合うくらいなら別のポジションのほうがマシだと思ったんだよ。でも結局一年のときは先輩たちがいたから試合には出られなかった。その程度だよ俺は。美咲もどうせ覚えてないだろ」

自嘲気味に和人が言うと、美咲は顎に手を当て首を傾げた。

「うん、なんとなく……期待していた強肩サードがいたような……」

「仕方ないよ。記憶がないのはあのガイコツのせいだし、それに仮にそうじゃなかったとしても、いなくなった人間のことなんて覚えているヤツのほうが少ないだろ。時間が経てばどうせいつか忘れるんだし」

「でも……そうは言ってもなんだか悔しいわ。去年は和人のことを忘れていて、今も和人の弟くん……啓人だっけ？　教えられても思い出せないなんて……」

眉間に皺を寄せる美咲。

必死に啓人を思い出そうとしているのかと思うと、和人は無性にからかいたくなった。

「彼氏の名前すら忘れるとか、ひどい話だ」

「それは、ちが……そもそもあたしが全然覚えていない人間が彼氏だなんて言われても、実感が湧かないのよ」

「わかってるわかってる。夏休み明けに俺にすり替わっても、気づかないのが普通だよな。美咲が悪いわけじゃない。みんな気づかなかったし」

「人間がすり替わってるとか、誰も思うわけないじゃない！」

声を荒らげる美咲を、和人は笑ってやり過ごす。

するとは美咲の視線に鋭さが増した。

「なによ。だいたい違和感にはちゃんと気づいていたわ」

「へえ、どんなふうに？」

「夏に比べてヘボピッチャーになってる、って」

「うっ、悪かったな」

痛いところを突かれて和人は苦虫を嚙み潰した表情を浮かべる。

「和人が一年生だったときも、ヘボサードだったから覚えてないのかも」

「悪かったよ！」

勘弁してくれと両手を上げる和人。隣ではクスクスと美咲が笑みを零していた。

「つーか美咲からすれば、たいていがヘボ選手みたいなもんだろ？」

「なによそれ？」

「だって美咲は相手バッテリーの配球、全部読めるんだろ？」

「…………」

途端に美咲の笑みが引っ込んだ。気まずそうに、彼女は長いまつ毛がのった瞳を伏せる。


怪訝に思う和人に向かって、美咲は複雑な表情で口を開いた。

「あれは……ヤマ張って当たったみたいなものだから、そんなに期待しないで」

「わかってるよ。相手のデータと試合の流れ次第。そもそも相手のピッチャーがコントロールないと、配球読んでも意味ないもんな」

「……そうね」

どうにも歯切れの悪い返事だった。

おそらく相手の配球を読むのも一筋縄ではいかないのだろう。膨大な量のデータを前に、美咲は研究を重ねたに違いない。それをなんの苦労もなしに簡単にこなしたと思われて、美咲の心は傷ついたのだ。

軽率な発言だったと思い、和人は素直に謝った。

「すまん。美咲だって、楽に配球読んでるわけじゃないよな」

「いいわよ、それはもう……それより、見て」

気を取り直すように美咲が手にしていたスマホの画面を見せ付けてくる。そこには他の地方大会の結果とともに『この夏の注目高校生』の見出しで何人かの選手が写真付きで紹介されていた。

「火弁《かべん》和歌山の伊藤《いとう》が、準決勝でノーヒットノーランだって。やるわね」

「あ、ああ……すごいな」

「あと横浜総合《よこはまそうごう》の三浦《みうら》は、神奈川大会ですでにホームラン七本も打ってるわ。これでまだ二年生とか、どうなってるのよ」

「マジか。どんな身体してんだろうな」

饒舌《じょうぜつ》に話す美咲に、和人はとりあえずの相槌《あいづち》を打つ。

構わず美咲は手元を操作し、画面を切り替えていた。

「もう終わってるところだと、石川の星竜《せいりゅう》、青森の八戸光陽《はちのへこうよう》、兵庫は東体大姫路《とうたいだいひめじ》、この辺の強豪校はどこも順当に甲子園出場決めてるわね。それから東京は、やっぱり西も東も熾烈《しれつ》みたい。どこが勝ってもおかしくなさそう」

「できれば強い学校は出てこないで欲しいけどな」

「強い学校しか出てこないわよ。甲子園は」

「それもそうか……」

いつもの帰り道のような、たわいない会話だった。

けれど啓人のことを話した以上、いつもと同じではいられない。触れるのは危険かもしれないが、触れなければなにもわからないままだ。彼女の真意を確かめるため、さりげなく和人は呟く。

「……決勝までいくのも大変だな」

野球賭博に関わる言葉を。

そっと美咲の様子を窺った。

「なに言ってるの。その先も大変でしょ……？」

呆れたように嘆息する美咲が、和人の疑念のこもった視線に気づく。

美咲は露骨に眉をひそめた。

「なによ。甲子園の決勝まで勝ち進むようなチーム相手に、九回までに大量リードしてなきゃいけないんでしょ」

「……本当に、いいのか？」

「和人はもう、決めたんでしょ？」

確認するように問うと、射るような視線で返された。

野球賭博と関わるなど、わざわざ答えたくない。自分の胸に聞いてみろ、ということだろう。

大丈夫……美咲は味方だ……裏切るような真似はしない。

そこに自らの願望が含まれていることはわかっている。それでも和人は信じてみようと思った。

傾いた陽光が、二人の影を伸ばしていた。隣を歩く美咲の指の爪が薄っすら光沢を放つ。練習で傷がつかないように、保護マニュキアを塗っていると以前言っていた。

風が吹くと、ふわりと甘い香りが和人の鼻腔をくすぐる。練習後でも汗臭くないのも、きっと和人たちの見えないところで苦労しているのだろう。

些細《ささい》な努力の積み重ねが、美咲を綺麗に彩っている。

土日の練習でも誰より早く部室に来て、最後に戸締りをするのは美咲だ。誰に言われるでもなく、練習メニューの組み立てから、相手校の研究、果ては雑用でさえ、労力をいとわない。

やるべきことを粛々とこなす、ピンと背中に一本芯が通ったような真っ直ぐな彼女がそばにいたことは、純平の存在と同じくらい、この一年間和人の支えになっていた。

全てを話しても彼女が味方でいてくれることは心強く、ほんの少し寂しかった。

「……こうやって一緒に歩くのも、もうすぐ終わりだな」

ふと和人が呟くと、美咲が小首を傾げた。

「それって今年の夏で引退だから？　それとも双子の弟が戻ってくるから？」

「両方だよ」

どちらにしても、和人が美咲と一緒に歩くことはもうないだろう。この場所は本来、啓人が歩く場所なのだから。

気がつくと、隣で美咲が真っ直ぐ和人を見ていた。

「もしも双子の弟が戻ってきたら、和人はどうなるの？」

「どうって……？」

「この一年は双子の弟にすり替わってやってきたんでしょ？　じゃあ、その弟が元の場所に帰ってきたら、あたしたちの記憶がまた書き換わって、筧和人はこの一年間どこにいたことになるの？」

「さあ？　誰にも気づかれない存在感の薄い男、ってことで済まされるんじゃないか？」

「そう……かわいそうね」

美咲の口からそんな言葉が漏れるのが、和人は少し意外だった。

本当の彼氏である啓人が戻ってくるから、もっと喜ぶものと思っていた。けれど啓人の存在を曖昧にしか感じとれないのだから、美咲の反応は当然のような気もした。

「今の俺があるのは、啓人の努力と実績があってこそだから、それでいいんだよ」

おどけた調子で言うと、美咲は顔をしかめた。

「この一年頑張ったのは和人でしょ。みんなを引っ張って、一生懸命投げて甲子園出場を決めたのは、和人でしょ」

トクンと和人の胸が熱くなる。

どこまでも真剣な表情で美咲は言う。

「この夏の和人のピッチング、あたしは忘れないわ」

きっと啓人を取り戻したら忘れてしまう。この夏のピッチングは啓人が投げたことになってしまう。

それでも美咲は忘れないと言ってくれた。

言ってくれたことに、和人は救われた気がした。

「サンキューな」

だから必ず啓人を取り戻そうと、和人は心に誓った。

*

八月に入ると各代表校には甲子園球場を使っての練習が許可される。練習といっても参加校は五十校近くあるため、三日かけて各校に与えられた練習時間は二十分ほどしかない。和人たち春星高校の練習日は、組み合わせ抽選会と同日だった。観客席がガラガラの甲子園球場は「少し広いな」という印象しかなく、練習はあっという間に終わり、抽選会の時間となった。

場所は大阪市のフェスティバルホール。監督と顧問の教師、そしてベンチ入りメンバー十八人が会場入りするのだが、春星高校野球部は監督がいないため、顧問の佐藤の横には美咲が座った。隣の席に和人も腰を下ろす。

会場は全国から集まってきた、いかにも高校球児らしい坊主頭で埋めつくされていた。壇上では各校の主将がずらりとイスに座っており、坊主頭の純平はその中に見事に溶け込んでいた。ただ春星高校では坊主頭は純平を含めて数人しかおらず、普段は部員同士で頭を撫でてふざけていたが、この場では逆に和人たちのほうが浮いているかもしれなかった。

抽選会が始まると出場校の名前が呼ばれ、代表者が抽選箱からクジを引く。高校生の大会とは思えないほど、眩しいフラッシュがたかれていた。

「なるべく初戦は弱いところがいいな」

「いや、チアが可愛いところがいい。男子校はいやだ」

「相手はどこでもいいからさ、開会式の選手宣誓引き当ててなんか目立つこととかやって欲しいな」

ひそひそと部員たちが好き勝手なことを言いながら抽選の様子を眺めていると、ようやく春星高校の名が呼ばれ、主将の純平が中央に歩み出る。

後方の席からでも動きにぎこちなさが見てとれて、和人は声を殺して笑った。

「純平のヤツ、顔に似合わず緊張してるな」

「しっ、黙って見てなさい」

和人の隣で美咲は食い入るように壇上を凝視していた。

純平が手にした番号を掲げ、中央に設置されたマイクにむかって読み上げると、会場全体がどよめいたのが伝わってきた。

「なあ……これって、もしかして……」

「もしかしなくても……そうじゃね？」

「うわ、やりやがった。初っ端《しょぱな》からいきなりかよ」

見ていた春星高校の野球部員たちも啞然《あぜん》としていた。

無理もなかった。会場に設置された大型ボード、純平が引いた番号の場所に『春星』と書かれた札がかけられる。そのすぐ隣には、テレビでも一際注目を集めている高校の名前があった。その高校は少なからず和人も意識していた。

「……大阪鬪正《とうせい》高校か」

昨年の夏の甲子園優勝校であり、つまりは啓人が最後に負けた相手だった。

初戦から昨年の決勝戦と同じカードが実現し、報道陣が盛り上がりをみせる。今日一番のフラッシュが硬い表情の純平を包み込んでいた。

ちらりと横目で和人が隣の様子を窺うと、美咲は正面をじっと見つめており、

「初戦から、なりふり構ってられないわね」

静かに呟く声が聞こえた。

＊

全国の高校球児の祭典、甲子園が開幕した。和人たちの試合は二日目の第一試合。朝早い試合だが真昼の炎天下で投げるよりはマシだと、和人は思った。

球場入りし、ベンチに荷物を運び込む。観客席に目をやるとすでに多くの人がつめかけていた。グラウンドでは先に大阪闘正高校が試合前の練習を行っていた。

彼らの練習風景を眺める美咲のそばに立ち、和人は話し掛ける。

「どいつも上手そうだな。それに、パワーもありそうだ」

声に反応して顔を上げる美咲。

「えっと……ああ、和人」

一瞬の間があった。試合前にはいつも檄《げき》を飛ばす美咲がぼんやりしているのはなんだか珍しかった。

「どうかしたか？」

「ううん、ちょっとボーっとしてただけ」

「なんだそれ？」

「なんか……なんであたしはここにいるんだろう？　とか考えちゃってたの。おかしいわよね」

自嘲気味な笑みを浮かべる美咲に対して、和人は首を横に振る。

「おかしくないさ。俺も最近、よく考える」

甲子園という舞台は、どこか現実感がなかった。

入学当初は甲子園はあくまで憧れであり、自分がいけるとは露ほども思っていなかった。ほとんどの高校球児と同じように、地方大会のどこかで負けて和人の高校野球は幕を閉じるはずだった。それなのに……和人はこの舞台にやってきてしまった。他の球児たちに比べれば、和人の動機はひどく不純だ。場違いですらある。だが場違いだろうが、歪んでいようが、それでも勝たなければいけない理由が、和人にはあった。

定刻どおりの午前八時。審判のプレイボール宣告とけたたましいサイレンが響き渡った。試合は大阪闘正高校の先攻。三塁側のスタンドから吹奏楽のリズミカルな演奏が流れ始めたかと思うと、野太い声の大合唱が耳を突いた。ベンチに入れなかった野球部員が中心となって、とても九回までもちそうにない全力の声援を先頭打者に送っている。強豪校は応援にも迫力があり、一つにまとまった声量のある応援は、ある種の暴力性を伴ってピッチャーである和人の腹の底を震えさせた。

ぺろりと和人は乾いた唇を舐《な》める。相手の応援に臆したわけではない。例によって純平が、ど真ん中のストレートを要求してきたからだ。

マウンドの和人は首を振ったりはせず、口元だけで微笑を浮かべた。純平は同じ目的を持った共犯だから、信じると決めている。

プレートに足を掛け、ゆっくりと振りかぶり、和人は甲子園での第一球を投げる。バッターは初球から積極的に振ってきた。

フラフラと力ない打球が上がり、セカンド櫛枝の後ろにポトリと落ちた。勢いのない打ちとった当たりだったが、ヒットになったことで吹奏楽が一斉に陽気な音楽を奏で、和人は苦笑した。

ノーアウト一塁で、次のバッターは送りバントの構えをとっていたが、キャッチャーミットはストライクゾーンに固定されていた。どうやら一球外して様子を見る気はないようだ。和人の指先からボールが離れると、バッターはバットを引いてグリップを強く握り締めた。鋭いスイングが、ボールを捉える。

「サード！」

純平が叫んだ。

ライナー性の当たりがサード久保のほぼ正面に飛んでいく。だがバントを警戒して前寄りの守備位置だったせいか、痛烈な打球は久保のグラブを弾き、ボールがてんてんと転がった。

いきなりノーアウト一、二塁のピンチになり、すかさず純平がタイムをとった。

マウンドに駆け寄ってきた純平に、和人は口を尖らせる。

「なんだよ。始まって二球でタイムとか恥ずかしいだろ」

「そう言うな。お前は初めての甲子園だし、間をとったほうがいいと思った」

「あっそ。ボールは悪いか？」

「いや、打たれはしたが腕はしっかり振れてる。その調子でいいぞ」

グラブで口元を隠しながらそれらしく話していると、内野の守備陣四人もマウンドに集まってきた。

「すまん、和人。先頭打者打ちとった打球だったのに、追いつけなかった」

「それ言ったら俺も正面なのに捕り損ねたよ」

「ドンマイドンマイ。こっからだろ！」

「あいつら打球速いから、気をつけようぜ！」

謝る二人を、他の二人がフォローする。

主将の純平も大きく頷き同意した。

「二球とも難しい当たりだったからな。誰も悪くない。全員しまっていくぞ！」

声を張り上げ純平がチームを鼓舞するが、

「待てよ」

守備に戻ろうとする彼らを、和人は呼び止めた。

「誰も悪くない、ってのは違うんじゃないか？」

「なんだと？」

水を差されて露骨に顔をしかめる純平。

小さく息を吸い込み、和人は言う。

「この状況、どう考えても悪いのは純平だろ」

途端に空気が重くなった。

言われた純平が面食らった表情で押し黙る。内野陣は誰もなにも言えず、甲子園の中心でわずかな静寂が訪れる。

やがて純平が小さく頭を下げた。

「そうだな。俺のリードが悪かった。あっちは初球からガンガン振ってくるみたいだから、サインはもう少し慎重に――」

「純平のクジ運が悪いのがいけない」

「はぇ？」

ポカンと口を開けて固まる純平。普段は修行僧のように仏頂面の純平が、滅多に見せない間の抜けた顔を見せていた。

ニヤついた笑みを和人が浮かべていると、内野陣も得心したように手を叩く。

「ああ、それは言えてるかも」

「初戦から大阪闘正とかないわー」

「よりによって一番引いちゃダメな相手引きやがったからな」

「ちゃんとお祓《はら》い行ったか？　ばあちゃんにお守りいっぱいもらったから、一個やろうか？」

口を揃えてからかっていると、

「おい、お前らな……」

純平のこめかみがヒクヒク震えていた。

こみ上げる笑いを堪えながら和人はフォローする。

「まあまあ。どのみち全部倒す予定なんだから、あんまり純平を責めてやるなよ」

「お前が言い出したんだろうが！」

マウンドで、どっと笑いが起こった。

ノーアウト一、二塁というピンチの状況で「どうして笑っているんだ？」と周囲の観客たちが不思議そうに首を傾げるなか、全員が笑顔で守備位置へと戻っていった。

試合が再開し、大きく腕を広げた純平がサインを出す。

一つ頷いてから和人が投球フォームに入ると、相手バッターがバントの構えをとった。

だが、

「ボール」

高めに外した球がミットに収まると同時に、純平が二塁へ鋭い送球を放った。慌てて戻ったランナーと、ベースカバーに入ったショート高木のグラブがぶつかる。土埃が舞い上がりマウンドの和人からはよく見えなかったが、

「セ、セーフ！」

際どい判定はセーフとなってしまう。それでも安堵《あんど》するランナーの表情を見る限り、迂闊なリードを牽制《けんせい》することはできただろう。

次も純平は高めのボール球を要求した。ただしさきほどの明確なボール球と違い、ストライクをギリギリ外れるくらいの、いわゆる釣り球である。

サインどおりに和人は投げる。相手バッターはやはりバントの構えをとり、打球はあさっての方向へと飛びファウルとなった。

送りバントだろうが、簡単にやらせる気はない。和人たちバッテリーの無言の圧力を感じたのか、相手バッターは一度ボックスを外してベンチのサインを確認した。

打席に戻ったバッターは、ヒッティングの構えをとる。だがグリップを余したコンパクトな構えは、いつでもバントに切り替えられる構えだろう。

純平のサインを確認し、和人は腕を振るう。

投じたのは、スライダー。

打者の手元で変化する球だが、相手バッターは短く持ったバットを振って、しっかり

と当ててきた。

ゴロだが強い打球が和人の右を通過する。センター前へと抜けようとするボールは……しかし飛び込んできたショート高木がキャッチした。グラブに収まったボールを、高木はそのままセカンドの櫛枝へトスする。ボールをキャッチしベースを踏んだ櫛枝が、素早くファーストへ送球。完璧なゲッツーが成立した。

目を見張るようなプレーに観客席から賞賛の拍手と歓声が上がった。

「ナイスプレー」

グラブを叩きながらチラリと和人がベンチを窺うと、美咲が小さくガッツポーズをしているのが見えた。内野陣の素晴らしい守備と、彼らをここまで鍛えた美咲に和人は心の中で感謝した。

だが2アウト三塁と、ピンチはいまだ続いている。

迎えるバッターは名門大阪闘正高校の四番。打席に入る前に、まるで和人に見せつけるように素振りをしている。風圧がマウンドまで届いてきそうな、豪快なスイングだった。

大きく深呼吸して、和人は相手バッターを見据えた。

「さて……守備が頑張ってくれたし、俺も応えないとな」

純平のサインにしっかり頷く。

指先に神経を集中させて、和人は思い切り腕を振るう。

渾身《こんしん》のストレート目掛けて、相手の四番が二の腕の筋繊維を唸らせバットを振ると、甲高い金属音が鳴り響いた。

空高く上がった打球は……立ち上がった純平のミットに収まった。キャッチャーフライで3アウトチェンジ。初回はどうにか無失点で切り抜けた。


試合は互いに出塁するもののあと一本が出ず、スコアボードにズラリと『0』が並んでいった。

七回表。太陽の位置が高くなるにつれてマウンドの暑さが増していく。額の汗を拭ってから、和人は帽子を被り直した。

相手の先頭バッターはここまで無安打の四番。振りかぶって和人がボールを投げると、四番がバットを振り抜いた。頭上へ舞い上がったボールはなかなか落下せず、やけに伸びていったかと思うと、観客席に飛び込んだ。爆発したように歓声が沸く。

サインどおりに和人は投げたつもりだったが、スタンドまで運ばれてしまった。拳を高く掲げてベースを一周するバッターを和人がぼんやり眺めていると、マウンドへ純平がやってきた。

「ホームラン打たれたんだ。今度はタイムとっても文句ないだろ?」

皮肉を口にする純平に、和人は率直に尋ねた。

「コース悪かったか？」

「少しな。ただあれをホームランにするのは、バッターを褒めるべきだろ」

「パワーで持っていかれたってことは、俺の球威が落ちてるのか……」

「なんなら瀬良と交代するか？」

二年生ピッチャーの名前を純平が出してきて、和人は目を見開いた。

「は？　冗談はよせよ」

たしかに県大会は瀬良との継投で勝ち進んできた。しかし今は甲子園で、しかも相手は昨年優勝校の大阪闘正高校だ。一点差で負けており、これ以上点をとられるわけにはいかない状況で、二年生の瀬良には荷が重すぎる。

だが純平は真顔で首を横に振った。

「冗談なんか言うか。弱気なピッチャーで抑えられる連中じゃない」

「誰が弱気だよ」

「お前だよ。ビビッて中途半端な投球したらまた打たれるぞ」

「ビビッてねぇし」

強がってみせる和人に、純平は淡々と告げる。

「なら今のホームランはスパッと忘れて切り替えろ」

「ハッ、ホームランを忘れろ、なんて簡単に言うなよ」

「じゃあ打たれたことを心に刻んどけ」

「どっちだよ」

眉根を寄せる和人に対し、純平は「どっちでもいいんだよ」と言った。

「マウンドに立つ限り、常に『打たれるかも』って恐怖は付きまとうんだ。その恐怖を手懐《てなず》けようが、立ち向かおうが、それはお前の好きにすればいい。ただ逃げることだけは認めない。ビビッて逃げるようなヤツに、マウンドに立つ資格なんてねぇ。肝心なのは、どんな状況だろうとお前が真っ直ぐバッターに向き合えるかだ」

ドンッと純平はミットで和人の胸を叩き、

「全員ねじ伏せてやるんだろ？」

挑発的に問うてくる。

至近から射るような鋭い視線を向けられ、和人は嘆息しながら頷いた。

「わかってるよ」

おそらく弱気になりそうだった和人を煽《あお》って鼓舞するために瀬良の名前を出して、あんな言い方までしたのだろう。純平の意図は理解した。

しかしそれでも、マウンドから離れていく背中に、和人は言わずにはいられない。

「ホームラン一本打たれたくらいで、誰がビビるか」

この回、失点はしたものの、その後は三人で打ちとった。

まだ球威は衰えていない。と勇ましく和人がベンチへ戻ると、美咲が待ち構えていた。

「お疲れさま」

「え？」

掛けられた労《ねぎら》いの言葉に、和人は戸惑う。

「ナイスピッチだったわ」

「……もしかして、交代か？」

おそるおそる和人が尋ねると、美咲が眉間に皺を寄せる。

「なに？　交代したいの？」

「そうじゃないけど……ホームラン打たれたんだぞ？」

「わざわざ言わなくても、見てたんだから知ってるわよ」

「じゃあナイスピッチはおかしいだろ？」

釈然としない和人に向かって、美咲は微笑を浮かべた。

「でもその後のピッチングはよかったわよ。よく腕が振れてたし、なにより『絶対に打たせない』って気迫が、こっちまで伝わってきた。ホームランの後にあそこまで切り替えられたら、たいしたものよ。これ以上の失点は避けたかったもの」

「お、おう……」

ぶっきらぼうな返事を和人はしてしまう。

ベンチの端に目をやると、純平が黙ってプロテクターを外していた。切り替えられたのは純平のおかげだったが、まんまと口車に乗せられたみたいで、素直に認めるのは癪だった。

「おとなしい反応ね。褒めたんだから、もっと喜びなさいよ」

「ホームラン打たれて喜ぶのもな……そっちこそ、今日はおとなしいんだな」

ここまで美咲は簡単なサインを出すのみで、試合はほぼ静観しているようだった。

タオルで汗を拭きながら和人が言うと、美咲は片眉を上げる。

「なによ。怒鳴って欲しかったの？」

「ああ。それに、どうせなら打線もやかましくして欲しいな」

「そんなに言うなら、まずは和人が打ちなさいよ。ホームラン一本で同点よ」

ムッとした表情で唇を尖らせる美咲。

無茶な要求に和人は肩をすくめて言った。

「美咲も含めたみんなの力で勝つんだよ」

野球は一人でやるものじゃない。純平や美咲に教えてもらったのだ。それは打たれたホームランなんかよりも、和人の心に強く刻まれている。

「フン、なによ。偉そうに……」

わずかに頬を紅潮させた美咲は帽子のつばに手を当て、小さく息を吐く。

「まあ負けてるし、仕方ないか……みんな聞いて！　和人がホームランを打たれたわ」

「ちょっ、おい！　わざわざ言わなくても――」

「報告したかったんじゃないの？」

「それはもういいんだよ！」

抗議の声を上げる和人をせせら笑う美咲。

周囲で苦笑する野球部員たちを見回し、美咲は問い掛ける。

「なんでホームランになったかわかる？」

彼らは首を捻りながらも、思い思いの考えを口にした。

「甲子園の初戦で緊張してたんだろ？」

「やっぱ大阪闘正の四番だから、パワーの違いじゃやね」

「単純に球数増えて、球威が落ちたから？」

出てきた回答に美咲はうんうん頷いていた。

「全部正解だと思うわ。そういう要素が複雑に絡まって、球威や制球力は落ちるものよ。そしてそれは相手も同じ。ここまでウチが〇点に抑えられてるけど、相手に疲労が溜まっていないわけじゃない。ここまでの攻撃は全部無駄じゃないのよ！」

負けているチームの士気を上げるための口上としては、ありがちな言葉だ。ただ相手が疲れているのは間違っていないだろうが、それが逆転できる根拠にはならない。

それでもチームの雰囲気は明らかに上向いた。

美咲はここからだと、皆が知っているからだ。

「高木！」

この回の先頭バッターを呼びつけた美咲は、

「初球から迷いなく振って。スタンドにぶち込むつもりで」

いきなりとんでもないことを言い出した。

さすがに言われた三年の高木も困惑した表情を浮かべる。

「えっと……ホームランとか、俺公式戦で打ったことないんだけど……」

「空振りでも構わないわ。とにかく相手にプレッシャーかけて。勝負は追い込まれてから。きっとスライダーで勝負してくる」

相手の決め球をあげる美咲に、なおも高木は怪訝な眼差しを向けていた。

「それって、俺に打てるのか？」

「大丈夫。言ったでしょ、むこうも疲れてる。さっきの回から握りが甘いからスライダーのキレが悪いわ」

「それって、つまり……」

「打ち頃の球ってことよ」

ニヤリと美咲は笑みを浮かべた。

打席に入った高木に対して、初球はストレートだった。グリップエンドに左手を押し付け、高木がダイナミックなフォームでスイングする。遠心力と加速がついたバットが空を切り裂いた。ボール二個分は離れていた空振りだった。

本当にプレッシャーがかかっているのか、相手ピッチャーの表情を見ても、和人にはわからなかった。

ボール球を一つ挟んでから、内角にズバッとストレートが決まる。バッターは2ストライクと追い込まれ、そして美咲が勝負と言った場面。和人が注視するなか、相手ピッチャーが腕を振ってボールを投げる。握りは、スライダーに見えた。カキーン、とバットがボールを捉える金属音が響く。打球はセンター前へと転がり、打った高木は一塁ベースを回って二塁をうかがいながら止まった。ノーアウトのランナーが出て、観客席とベンチが沸き立つ。

おそらく美咲の言ったとおり、スライダーがそれほど変化しなかったのだろう。高木は塁上で、ベンチに向かってガッツポーズをしてみせた。

それを見た次のバッターの久保が、美咲に指示を仰いだ。

「送るか？」

送りバントで得点圏にランナーを進める、同点のための手堅い作戦。

けれど美咲は小さく首を横に振った。

「ならヒッティングか？」

ノーアウトでランナー一、二塁となれば、一気に逆転のチャンスとなる。

しかし美咲はこれにも首を横に振る。

「どっちだよ！」

焦《じ》れる声に、美咲はやはり首を横に振った。

「どっちでもないわ。ボールよく見て、なるべくバット振らないで」

「は？」

予想外の返答に久保が目を丸くする。美咲の言葉に耳を傾けていた和人たち他の野球部員も同じ気持ちだった。

唖然と固まる彼らを尻目に、美咲は淡々と続けた。

「相手バッテリーもバントかヒッティングか迷ってるはずよ。ピッチャーかなり疲れているから、打ち気だけアピールしておけば、迷いがさらに制球を乱すわ」

つまりはフォアボール狙い。

この七回まで相手ピッチャーはフォアボールを一つしか出しておらず、美咲が言うほど制球に苦しんでいる印象はない。加えて野球選手なら誰しも『自分のバットでどうにかしたい』という気持ちがあるはずだ。

わずかな逡巡を久保は見せるが、美咲の真剣な眼差しを受けて、観念したように頷いた。

バッターボックスに向かう途中で久保は、相手バッテリーに見せつけるように鋭い素振りを繰り返す。ボックスに入ってからも「っしゃ、こいや！」と気炎を上げて相手ピッチャーを睨みつけていた。

一球目は外角高めのストレートだった。ボールの軌道を目で追いつつも、久保はバットを振らなかった。

「ストライク！」

審判がストライクを宣告する。

仮に送りバントだったとしても成功させるのが難しいコースに、相手ピッチャーはきっちり投げてきた。

これで制球が乱れているのか？　と半信半疑で和人たちが見守っていると、二球目はベースの手前でワンバウンドするボール球だった。後ろに逸らしはしなかったが、捕り損ねたボールがキャッチャーの目の前にポトリと落ちる。

さらに三球目。今度は高めに大きく外れるボール球だった。慌ててキャッチャーが片膝を立てて捕球する。二球続けて明らかなボール球だった。

「初球だな。久保がいい仕事した」

グラウンドを見つめながら純平が言った。

思わず和人は尋ねる。

「どういうことだ？」

「打席に入る前は打ち気があったから、バッテリーは高めの釣り球で空振りかフライを打たせようとしたんだろう。だがいざ投げてみると全く振ってこなかった。しかもしっかり球筋を見極めるような、いやらしい見逃し方だ。ランナーがいる場面であれをやられると、ストライクが投げにくくなる。お前もピッチャーならわかるだろ」

「……たしかにな」

初球は空振りをとるよりもじっと見られるほうが嫌だというのは、和人にも覚えがあった。

ストライク一つを犠牲にして、相手にプレッシャーを与え続ける。美咲の指示を信じて実行した久保の勝ちということだろう。

その後も相手ピッチャーは制球に苦しみ、六球目に低めのストレートがギリギリ外れて、フォアボールとなる。

なんとバットを一度も振らずに、ノーアウト一、二塁にしてしまった。またしても美咲の言ったとおりになった。いったい彼女の瞳には相手ピッチャーがどのように映っているのか。和人が呆然と美咲を見つめていると、ベンチがざわついた。

グラウンドに視線を戻すと、三塁ベンチから相手チームの控え選手が伝令として出てきて、審判になにか伝えている。ピッチャーの交代だった。

「ここからってときに、エースをあっさりマウンドから降ろすのかよ」

誰かが不満げな声を上げる。ようやく崩れ始めたピッチャーを代えられたのだ。攻略の糸口が見えてきただけに、和人たちは勢いを削《そ》がれる形になってしまった。

「さすが百戦錬磨の大阪闘正、迷いのない交代ね」

感心したように美咲は呟く。

代わりに出てきたピッチャーが投球練習を始めた。長身で角度のあるボールを投げている。しかも左投げ、いわゆるサウスポーピッチャーだった。

そっと和人は尋ねてみる。

「代わったばかりのピッチャーが投げるコースとか、やっぱわからないよな？」

前の回まで美咲はなにも言わなかったのだから、先発ピッチャーの投球を見極めるのに、美咲の目をもってしても六回は必要だったということだ。それを今度は投球練習だけで相手ピッチャーの投げる球を予測しろなどと、さすがに無茶な要求だろう。冗談交じりのダメもとで、和人も言ってみただけだ。

だが美咲は毅然《きぜん》と言い放つ。

「問題ないわ。どんなピッチャーだろうと、登板直後に絶対欲しいのはストライク。キャッチャーだってそう。それだけは永久不変よ。だから……櫛枝！」

相手の投球練習を睨みつけるようにしてじっと見ていた次のバッター櫛枝が、名前を呼ばれて振り返った。

彼の瞳を見つめて美咲は拳を握り締め、

「初球ストレート勝負！」

力強く断言して送り出した。

バッターボックスに櫛枝が入り、審判が試合の再開を告げる。

マウンド上の相手ピッチャーは前屈みにキャッチャーのサインを見ながら、腰の後ろでしきりにボールを弄んでいた。やがて小さく頷いたピッチャーが、ランナーの位置を警戒しながら投球動作に入る。大きく後ろに引いた腕を振るって高い位置から放られた球は……ストレートだった。

金属バットがボールを捉える甲高い音がして、打った打球はレフトの頭上を越える。長打コースに二塁ランナーが生還。一塁ランナーが三塁に進み、打った櫛枝は二塁に滑り込んだ。

同点となり、さらにはノーアウト二、三塁とチャンスが続く。観客席が沸き、攻撃を後押しするように吹奏楽のトランペットが陽気な音楽を奏で始める。

「さあ、ピッチャーが落ち着く前に畳み掛けるわよ」

ベンチではなにより頼もしい美咲の声が響き渡っていた。

この七回の猛攻で和人たちは四点を奪い、八回にも一点を追加した。

五対一で迎えた九回表。逆転を信じて相手校の応援団が、声をからして叫ぶのが聞こえる。

グラブを手にとりゆっくりとベンチから腰を上げた和人に、美咲が声を掛けた。

「……和人」

交代だと、和人は思った。

前の回から二年生ピッチャーの瀬良が肩を作って準備しており、和人自身もそろそろお役御免かと余力を残さず全力で投げてきた。

だが美咲は真っ直ぐ和人を見据え、おもむろに片手を挙げる。

「あとは頼んだわよ」

覚悟していたのとは違う言葉だった。

けれど不思議と、和人の胸にすとんと落ちた。疲れた身体の奥底から、あと一イニングぐらいは投げられそうな、そんな力が湧き上がる。

「……行ってくるよ」

目の前にある手をパァンと叩いて、和人はベンチを飛び出した。

じんわりと心地よい痛みが指先に残っていた。

*

大阪闘正高校を五対一で下した春星高校は、二回戦へと駒を進めた。次の試合までの三日間、ここで多くの野球部員は時間を持てあます。初戦に勝利した余韻に浸るよりも次戦のことで頭がいっぱいになり、かといって甲子園周辺に練習できる場所などほとんどなく、素振りをするか、他校の試合を見るくらいしかやることがないからだ。

初戦を完投した和人は素振りすら禁止と厳命され、宿舎で一日ゴロゴロと過ごしていたがそれにも飽きて、二日目からは夕方の比較的涼しい時間帯を選んで近所を散策することにした。

宿舎から十数分歩くと大阪湾が見えてくる。傾いた日の光が海面に反射して眩しかったが、ゆらゆらと揺れる波は不思議と落ち着くものだった。海沿いの遊歩道を和人がのんびり歩いていると、前方に人影が見えた。近づいてくるシルエットはそう大きくない。線も細いことから女性だとわかる。

「あれって……」

見覚えのある人影に目を凝らすと、それは和人のよく知る人物――藍沢美咲だった。

宿舎のテレビでではなく甲子園まで行って試合を直接見てきたのだろうか、美咲は駅のほうから歩いてくる。考え事をしているのか、やや俯いた姿勢で和人に気づいてはいないようだった。

「よっ」

声を掛けると、美咲が立ち止まる。

「………」

なぜか無言だった。じっと和人を見つめていた美咲は、目を見開いて「ああ」となに
かに気づいたように声を上げた。

「なんだ……和人か」

「気づくの遅すぎだろ」

「日差しが眩しかったのよ。海の照り返しもあるし」

そう言って美咲は海に視線を向けた。

風が吹いて、海を眺める美咲の頬に髪がかかる。自然と美咲は髪をかき上げた。

ただそれだけの姿も絵になるな、と和人は思った。

「美咲もやっぱ、夏休みは友達と海とか行きたかったか？」

高校生らしい夏休みというものに、彼女も憧れたりするのだろうか。

思わず尋ねると、美咲はふるふると首を横に振った。

「まさか、甲子園以外に行きたい場所なんてないでしょ」

「ならよかった」

彼女ならそう言うだろうとわかっていた。それでも望んだ答えを聞けて、和人は少し安心した。

笑みを浮かべる和人に、美咲は言う。

「和人はこんなところブラブラしてないで、ちゃんと休みなさいよ。次は瀬良も使う予定だけど、先発は和人でいくから」

「そういや初戦で瀬良を出さなかったな。あいつ調子悪いのか？」

「大阪闘正は一発が怖いもの。他のチームが怖くないわけではないけど……瀬良は緊張気味だったから。甲子園の初登板はもっと楽な場面で投げさせてあげたかっただけ」

冷静な分析だった。和人が投げることに異論はない。

ただ一言くらいは言わせて欲しい。

「俺だって多少は緊張してたんだけどな」

不平を零すと、美咲に「なに言ってるのよ」と鼻で笑われ、

「だって和人はもう、腹くくってるでしょ」

力強い瞳で射抜かれた。

「……たしかにな」

覚悟という意味では、すでに誰よりできていた。

啓人を取り戻すと誓ったとき、この世界から逃げずに戦うと決めたのだ。

たかだか数万人の応援や会場の雰囲気に気後れなどしない。

「つーか瀬良のヤツ、緊張してたのか？」

「和人と矢久原以外はみんなしてたわよ。動きが硬かった」

「相変わらず、野球選手の動きとなるとよく見てるな。ウチは監督が置物だから、美咲がしっかりしていて助かるよ」

感謝を口にすると、美咲がポカンと固まった。

「……監督って、誰だっけ？」

「………………」

どうやら野球選手以外はまるで頭にないらしい。

首を傾げる美咲に、和人は言った。

「一応顧問の佐藤が形式的に監督も兼任してるだろ。忘れるなよ」

「ああ……普段からあの人を監督とか呼ばないから」

「まあ俺らの中では美咲が監督だからなぁ」

和人だけではなく、春星高校野球部員の共通認識だろう。

けれど美咲は目を伏せて、小さく呟く。

「……あたしなんかが監督で、いいのかな？」

「なんか、って謙遜するなよ。監督は総大将みたいなもんだから、ベンチでふんぞり返ってるくらいでちょうどいいんだよ」

「なによそれ」

クスリと美咲が笑う。

けれど浮かべた微笑の中で、瞳は不安げに揺れていた。普段の美咲とはどこか違う気がした。やはり甲子園という舞台に彼女も緊張しているのだろうか。

気になり、和人は尋ねてみる。

「迷ってるのか？」

「そうかも……」

勝ち進めば、いずれ決勝でわざと負けることになる。和人たちの思惑が甲子園に来たことで現実味を帯びてきて、もしかしたら怖気《おじけ》づいているのかもしれない。しかしいまさら引き返すことはできなかった。

「悪いな。俺らのわがままで、変なことに付き合わせちまって――」

気休めにしかならないだろう謝罪を、和人は口にするが、

「そのことは、もういい」

遮られてしまった。野球賭博については話したくもないようだ。

では迷っているとは、他のことだろうか。

「試合のことか？」

聞いてみると、美咲が神妙に頷く。

「……和人は試合を怖いと思ったことは？」

どうやら当たっていたようだ。

「あるよ。怖いに決まってる」

考えるまでもなく、和人は答えた。「え？」と顔を上げる美咲に、和人は続ける。

「でも不安や恐怖から目を逸らして逃げるほうがもっと怖い。それを知ってるだけだ」

失敗や敗北は誰だって怖いものだ。皆恐怖を誤魔化しているに過ぎない。ただ彼女がそんなことを口にするのは、なぜか和人は嫌だった。

「しけたツラするなよ。どうせ『あんなに偉そうにして自分のせいで負けたら……』とか、くだらないこと考えてるんだろ」

「そういうわけじゃ……」

「監督ってのはとにかく威張り散らして、負けたら選手がミスしたせいだって怒鳴って、勝ったら全部自分の手柄にする。それでいいんだよ」

彼女の不安を吹き飛ばすよう和人は笑う。

なぜだか美咲は露骨に眉根を寄せた。

「ねぇ、さっきから思ってたんだけど……あたしって、そんなに偉そう？」

「どっからどう見てもな」

「ちょっと心外ね」

ムッと美咲は唇を尖らせる。

苦笑しながら、和人は言った。

「どうせ県の決勝から美咲に頼ってるんだ。いやそれよりもずっと前からだな。だから美咲と心中するくらいの覚悟はできてるよ」

相手の配球を読むだけではない。試合での采配から、普段の練習メニューの組み立てまで、今の春星高校野球部というチームを作り上げたのは美咲だ。

和人は本心から言ったのだが、彼女は意外そうに目を丸くした。

「あたしなんかと？」

「なんかじゃない。『美咲となら』って、みんなそう思ってるよ」

美咲の瞳をしっかり見据えて言うと、

「……ありがと」

彼女の表情から不安や迷いが消えていくように見えた。

ダメ押しとばかりに和人は続ける。

「それに試合は楽しむもんだろ？」

「そっか……そうだったわね」

かつて美咲に言われたのだ。

思い出してくれたのか、彼女は柔らかく微笑んだ。

＊

初戦で優勝候補の大阪闘正高校に勝利した春星高校は、二年連続の決勝進出にむけて快進撃を続けていた。和人が先発として試合を作り、終盤は二年生の瀬良が引き継ぐ黄金リレーで、他校の打線を封じる。攻撃に関しては純平を中心とした打線が全国区のピッチャー相手に、少ないながらも要所で着実に得点をとっていった。

そして春星高校野球部の頭脳ともいえる、藍沢美咲の監督役としての敏腕ぶりは目を見張るものがあった。甲子園の独特の雰囲気、負ければ終わりの重圧、真夏の暑さなど、不確定な要素は数え上げればきりがない。しかし美咲の采配は、それらをものともしなかった。

この日も相手ピッチャーの特徴を摑んだ美咲がスコアブックを片手に立ち上がる。

「相手バッテリーは打者の打ち気を外すのが上手いわ。キレのあるストレート主体の投球。球種の多い変化球も厄介ね」

春星高校の打線は五回を終えて一安打と沈黙しており、次のバッターである櫛枝も助力を仰ぐように美咲に尋ねる。

「どうする？　真っ直ぐに狙いを絞るか？」

「そうね。思い切りバット振りなさい……どうせファウルになるから。それも運がよくて」

失敗すると決めつけたような美咲の物言いに、櫛枝が渋い顔をする。

「前に飛ばせばいいんだろ」

「球速以上にボールのキレが凄いわ。きっとあのストレートはまともに捉えられない」

「……じゃあ、どうする？」

眉根を寄せる櫛枝に対して、

「ストレート以外で勝負！　これしかないでしょ！」

拳を握った美咲は力強く主張する。

これしかない、と断言されたが、和人たち野球部員は皆一様に首を傾げていた。彼女の指示から、要領がほとんど得られないのだ。

「ストレート以外、って狙い球全然絞れてねぇだろ……」

ベンチ全員の気持ちを代弁する櫛枝。

だがその言葉を待っていたかのように美咲はニヤリと口角を上げ、

「ストレートでファウルにした後はチェンジアップがくるわ。ここまでウチの打線はみんなそのパターンで空振りしてるから、間違いなく投げてくるはずよ」

自信を持って送り出した。

軽く素振りをしてから櫛枝が打席に立つ。相手ピッチャーは背負い投げのような豪快なフォームから腕を振った。

一球目は高めのストレートだった。櫛枝はフルスイングするが、バットはボールの下を通過して空振りとなってしまう。打者の手元で浮き上がるように伸びてくるこのストレートに、和人たちはここまでいいようにやられているのだ。

二球目もストレート。金属音が鳴り響くが、ボールは後方に飛びファウルとなった。

そして三球目、ピッチャーはさきほどと同じ豪快な腕の振りから、さきほどとは比べ物にならないほど遅いボールを投げてきた。速球に慣れてきた打者のタイミングを外す、チェンジアップ。

だが緩いボールは来るとわかっていれば、打者にとって打ち頃のボールでしかない。しっかりと引きつけてから振った櫛枝のバットがボールを捉えた。ぐんぐん伸びたライナー性の打球がレフトフェンスに直撃し、二塁打となる。

歓声が収まる前に、勢いにのって美咲は指示を飛ばそうとして、

「次の九番は……えっと、誰だっけ？」

小首を傾げたので、たまらず和人は声を張った。

「俺だよ！」

彼氏の存在すら忘れていたことに、ベンチが爆笑に包まれる。チームの雰囲気を明るくするためにわざとボケたのだろうと、和人は思う……というか思いたかった。

困った顔で美咲は言う。

「……そう、一番打率の悪いバッターね」

「おいコラ、バカにして――」

「相手にバカにされてんのよ。あんたの打率悪いから、全部真っ直ぐで勝負してくるわよ。三球もチャンスボールがあれば、一球くらいはものにできるでしょ？」

「……目にもの見せてやるよ」

挑発的な視線に背中を押され、和人は打席へむかった。

相手ピッチャーは打席に立つ和人よりも二塁ランナーのほうが気になるのか、しきりに後ろを振り返っていた。自然とバットのグリップを握る和人の手に力がこもる。

ランナーを警戒しながら、相手ピッチャーがクイック気味に投げてくる。美咲の言ったとおりストレートだった。渾身の力をこめて和人が腕を振ると、金属バットが盛大に空を切った。

「ボールよく見ろ！」

「バット短く持てよ！」

「バントでランナー三塁に進めれば十分だよ！」

ベンチからも観客席からもそんな声が聞こえてくる。悔しいが、和人はそっとバットを短く握り直した。

二球目は真ん中寄りのストレート。片方の目でボールの軌道をよく見て、和人はバットを振る。直後にボールを捉えた感触が、手の平からじんと伝わってきた。
一、二塁間を打球が抜ける。ランナーの櫛枝は三塁を回っていた。前進しながらボールを捕球したライトが本塁へ投げる。矢のような送球がキャッチャーへと届くが、滑り込んだ櫛枝の手はすでにホームベースに触れていた。
春星高校に待望の先制点が生まれ、吹奏楽が派手な演奏を奏でる。

一塁ベース上で、和人は喜びに沸く観客席を眺めていた。点が入ったことは素直に嬉しいが、ほとんど美咲のおかげで打てたので複雑な気分だった。

それよりも和人がピッチャーとして相手バッターを三振にしたときよりも観客席は盛り上がっていて、自チームの攻撃の際しか吹奏楽は演奏できないため仕方のないことだが、ほんの少し和人は悔しく思う。

一塁ベースコーチとして立っていたチームメイトが興奮した様子で声を掛けてくる。

「驚いたな。和人が打つとは思わなかった」

あまりの言われように、ムッと和人は言い返す。

「なんだよ。俺だってたまにはヒットくらい打ってるだろ」

「いや、打点とかたぶん去年の甲子園以来だろ」

「…………」

去年の甲子園で打ったのは啓人であり、和人ではない。

思わず眉間に手を当てて和人は記憶を探る。ヒットを打った記憶はあったが、たしかにチャンスで打てたことはなかった。

「そういえば……そうだった」

地方大会どころか練習試合を通じて、和人は初めて打点を記録したようだ。それと同時に美咲が困った顔をしていた理由がようやくわかった。

*

早朝、和人は目を覚ました。

昨日の準決勝で青森代表の八戸光陽高校を二対〇で下し、春星高校は二年連続の決勝進出を決めていた。和人は七回まで投げ、被安打五本、失点は〇だった。

瞼を擦り、時計を見る。まだ六時前だ。昨日の準決勝の疲れが残っているのか誰も起きてはいないようで、宿舎全体が静まり返っていた。準決勝から決勝までは中一日の休養日が設けられているので、今日は昼まで寝ていてもなんら問題はない。けれど再び寝つける気がせず、布団を抜け出た和人は財布とスマホをポケットに突っ込み、そっと宿舎を出た。

夏の朝は早く、すでに日は昇っていて外は明るい。むわっとした空気が肌を撫でるが、昼間の甲子園のマウンドに比べれば暑さはそれほどでもなかった。

散歩がてら近くの公園まで歩いてみる。準決勝までの疲労はそれほど残っていなかった。昨年からのタイヤ引きを中心とした体力作りの成果だろう。この夏で壊れても構わないと思っていた肩も、あと一試合くらいなら問題なさそうだった。

ふいにスマホが鳴り出す。ポケットから取り出すと、着信画面の番号は野球賭博の男のものだった。公園内には年配の男性が一人、ベンチに腰掛けていたが会話が聞こえるような距離ではない。そっと和人は通話ボタンを押した。

『よう、調子はどうだい？　真っ黒に汚れたエースくん』

スマホを耳に押し当てると馴《な》れ馴《な》れしい声が聞こえてきた。

「なにか用か？」

『そう怖い顔するなよ。じいさんビビッて腰抜かしちまうぞ』

サッと和人は辺りを見回す。公園内には年配の男性の他に人はいない。けれど周囲にはホテルやオフィスビルなど背の高い建物がいくつもあった。

「……どこかから、見てるのか?」

そうとしか思えなかった。電話を掛けてきたのも、和人が他の野球部員から離れて独りになるタイミングを見計らっていたのだろう。

『ケケッ、そう固くなるなよ。一言お祝いを言おうと思っただけだぜ。無事甲子園の決勝まで勝ち上がったな。二年連続とは、たいしたもんだ』

「だからなんだよ。決勝で逆転負けできなきゃ、なんの意味もないだろ」

『わかってるじゃねぇか。明日は九回に十点差からの逆転負けだ。期待してるぜ。できたら死ぬほど褒めてやるよ。いい子いい子して頭も撫でてやろう』

あまりに気持ち悪い言葉に鳥肌が立ち、和人はそっとスマホを持つ腕を押さえた。

「……あんたの褒め言葉なんか要らない。欲しいのは金だ」

要求だけを告げると、電話のむこうで男が盛大に笑った。

『カーカカッ、てめぇのそういうところはわかりやすくて大好きだぜ』

「俺は別にあんたが好きじゃないけどな」

『ケケッ、嫌われちまったか。彼女持ちの余裕ってやつかね。甲子園のヒーローで、金も持ってて、オマケにカワイイ彼女もいて。まったく羨ましいぜ』

「彼女?」

思わず和人は聞き返す。

『野球部のマネージャーだよ。てめぇの彼女なんだろ？』

「……違う。彼女じゃない」

嘘は言っていない。

美咲はあくまで啓人の彼女であり、和人の彼女ではないのだから。

『ケッ、まあ否定するのは自由だけどな。てめぇが去年から野球賭博で大金稼いでるって知ったら、あの子はどう思うんだろうなぁ』

「……知るかよ。関係ないだろ」

『ショックだろうなぁ、泣いちゃうかもしれないなぁ』

「俺とは関係ない、って言ってるだろ」

ついスマホを握る手に力がこもってしまう。すでに美咲は事情を知っている。それでも野球賭博の連中を、美咲に近づけたくはなかった。

わずかな語気の変化を感じとったのか、男は苦笑した。

『冗談だよ、そう怒るなって。なにもしねぇよ。てめぇが変な気を起こさなければな』

「そっちこそ、おとなしくエアコン効いた部屋でテレビでも眺めてろよ」

『そうさせてくれると、こっちも助かるんだよ。わかってるな？　予定どおり実行するんだぞ』

後半部分だけはふざけた様子がなく、低い声で男は言った。

つまりは、それが言いたかったらしい。いまさら怖気づいて逃げることは許さない、と。和人の行動は見張っているし、交友関係も把握している。和人が少しでもおかしな行動をすれば、近しい人間に危害が及ぶかもしれないと、脅しているのだ。

回りくどいやり方に和人は嫌気が差す。

「いいから黙って一億用意して待ってろ」

『ケケッ、格好いいな。まあなにかあったらいつでも連絡しろよ。てめぇなら――』

まだ男がなにか喋っていたが、和人は通話を切った。

どんなに脅されたところで、意味はない。和人の覚悟はすでに決まっているのだ。必要のない無駄な会話はしたくなかった。

耳障りな声が聞こえなくなると、セミの鳴き声がよく聞こえた。

気がつけば、背中がじんわり汗をかいている。やかましいセミの鳴き声も、夏のうだるような暑さも、和人にとってはそれほど不快ではない。なにも感じない、もっと恐ろしい空間を知っているから……。

そんな世界で啓人が待っている。今度は和人が、啓人を助け出すと誓ったのだ。

ふと胸元に両手をやり、和人はボールを持たずに投球フォームを繰り出した。ビュッと空気を切り裂き、勢いよく腕が振れる。肩は軽かった。

見えないボールの行き先、その遥かむこうに和人は視線を向けた。公園の入り口から誰かが歩いてくる。

目を細めると、見覚えのある人影は——美咲だった。

もしかすると野球賭博の男は、美咲がこの公園に近づいてくるのが見えたから話題に出したのかもしれない。美咲を遠ざけたほうがいいかと和人は一瞬迷ったが、連中の思惑どおりに明日、甲子園の決勝で逆転負けするのだから、美咲に危害が及ぶことはないだろう。

そんなことを思いながらぼんやりと佇む和人のもとへ、美咲がやってくる。

「起きたら窓から和人が出て行くのが見えたのよ。なにしてるの？」

「ただの散歩だよ。そっちこそ、なにしにきたんだよ」

じっと和人は、美咲を見つめる。その手にある物が気になって仕方なかった。

問われた美咲はニコリと微笑み、

「キャッチボールをしようと思ったの」

腕の中に抱えていたグラブを突き出してきた。

野球部の備品として持ってきていた予備の外野手用グラブを、美咲は二つ抱えていた。

一つを和人が手にとると、グラブの中にはしっかり硬球が挟まれていた。

顔を上げると美咲が左手に嵌めたグラブを胸元でパクパクさせている。

待ち構えている彼女にむかって、和人はボールを放った。数メートルの短い距離でゆるい球を投げ合いながら、徐々に遠ざかっていく。

「どうしたんだよ。急に」

「いいじゃない。キャッチボールしたくなったのよ」

中学まではシニアで野球をしていただけあって美咲は正確に和人の胸元へ投げてくる。コントロールだけならば、和人よりもよさそうだ。それに綺麗な回転の掛かったボールだった。グラブで受け止めた硬球の感触が心地よい。

「まあいいけど。仏頂面の修行僧みたいなキャッチャーと投げ合うよりは、いい気分転換になりそうだしな」

「……修行僧みたいなキャッチャー？」

わかりにくい例えだったのか、小首を傾げる美咲。

「純平だよ」

「純平って……ああ、矢久原ね」

やや間があって、美咲はようやく合点がいったようだった。

こんなシーンを、和人は最近よく見る気がした。和人も含めた野球部員の名前がなかなか出てこない。しっかり者の美咲が人の名前を忘れるなど、案外抜けた一面もあるんだな、と和人は思った。

「ずいぶん物忘れが激しいな。野球に夢中になりすぎて頭パンクでもしたか？」

「……そうかもね。ちょっと考えることが多すぎて」

からかうつもりで和人は言ったが、返ってきた美咲の笑みはぎこちなく、逆に心配になってしまう。

「おいおい、こんなところでキャッチボールなんかしてないで、休んだほうがいいんじゃないか?」

他校の偵察から試合当日の采配までこなす美咲は、甲子園に来てから働きっぱなしで、試合に出ている和人たちより疲れていても不思議ではない。

「気にしないで。あたしも気分転換したかったの、よっ」

身体全体を使って、美咲がボールを投げた。

山なりではなく低い軌道で、パァンと強いボールが和人のグラブに収まる。受け止めた手の平がビリビリと痺れた。

ニヤッと和人は笑みを浮かべ、同じように強いボールを投げ返す。美咲は難なくキャッチした。

ただのキャッチボールが楽しい、小さい頃のような懐かしい感覚に和人の心は穏やかな気分になる。

「そういや、美咲とこうやってキャッチボールするのは初めてだな」

以前に和人のピッチング練習に付き合ってもらったことはあるが、あのときの美咲はキャッチャーで、お互い立った状態でのちゃんとしたキャッチボールは初めてだった。

「……そうね」

わずかに目を伏せ、美咲は答えた。

もしかすると、和人がこの世界に戻ってくる前には、よくしていたのかもしれない。

「啓人とは、キャッチボールとかしてたのか？」

「……どうだったかしら。あまり覚えてないわ」

「そうか」

曖昧な返事ではぐらかされてしまう。きっとそこには美咲と啓人の二人だけの思い出があり、他人に話したくはないのだろう。

詮索するのも気が引けて、和人は話題を変えた。

「ところで遠投は、どれくらいまでなら投げられる？」

後ろに下がりながら投げていたため、すでに和人と美咲の距離はバッテリー間よりも遠かった。それでも美咲の返球は相変わらず胸元に正確に返ってくるので、まだまだ余裕がありそうだ。

「うーん、最近は思い切り投げてないからわからないけど、この公園くらいなら端から端まで大丈夫じゃない？」

「へぇ、凄いな」

素直に褒めると、美咲が懐疑的な眼差しを向けてくる。

「……本当に、そう思ってる？」

「ああ。女子でそれだけ投げられるヤツはそうそういないだろ。この距離でもしっかりコントロールできてるし、上手いもんだ」

「……あ、ありがとう」

ひどく照れくさそうに、美咲は笑った。つられて和人も恥ずかしくなり、しばらく無言でボールを投げ合った。

セミの鳴き声に混じって、ボールがグラブに収まる乾いた音が心地よく響いた。

ふと、ボールをキャッチした美咲が口を開いた。

「明日はいよいよ決勝ね」

「ああ」

「疲れはどう？」

真夏の連戦で疲労がないわけではないが、体調は悪くなかった。軽く投げたつもりでも、球はよく走っている。

「問題ない。アホみたいに毎日タイヤ引かされたおかげだな」

皮肉交じりに言うと、美咲は「感謝しなさいよ」と笑みを浮かべる。

「先に言っておくわね。決勝進出おめでとう」

ついさきほども、同じような言葉を言われた。けれど美咲と野球賭博の男とでは、受けとった和人の気持ちがまるで違う。彼女に言われると、胸が弾んだ。

それでも和人は自らを戒めるように、神妙な面持ちで言う。

「こっからだよ。大変なのは」

まだなにも成してはいない。啓人を取り戻すまでは、喜ぶわけにはいかなかった。

そっと胸に手を当てると、シャツ越しに触れるものがあり、

「そうだ。これ、返しとくよ。助かった。ここまで勝てたのもこれのおかげかもな」

和人は胸元から紐の付いた小さな木の板を取り出す。正月に美咲からもらったお守りだった。

見せると美咲は眉をひそめた。

「あげたんだから持ってなさいよ。お守りなんだし」

「でも書いてある字が『勝』だろ？　決勝は勝っちゃまずいからな」

和人たちの目的は、甲子園の決勝で九回に十点差からの逆転負け。勝つ必要はない。

けれど美咲は首を横に振った。

「甲子園の決勝なんて、今までと比較にならないくらいの重圧でしょ。和人のやろうとしていることを考えたらなおさら。だったら、持ってなさい。試合中に折れそうになる自分に、もうだめだと諦めそうになる自分に、和人は勝たなきゃいけないでしょ」

真っ直ぐに美咲が、和人を見つめる。離れていても力強い視線が和人を射抜く。

「和人が全部を犠牲にしてでもやらなきゃいけないことは、なに？」

あらためて問う美咲に、和人はゆっくり頷いた。

「啓人を取り戻す。そのためにここまで来たんだよ」

「なら……明日でちゃんと、終わらせなさい、よっ」

ビュッと強いボールを美咲が投げる。気持ちのこもったボールを、和人は胸元でしっかり受け止めた。

明日逆転負けを喫して、金を手に入れて、啓人を取り戻す。強い決意で和人はボールを握り締めるが……美咲の表情は、どこか寂しそうだった。

ふいに和人は、美咲がキャッチボールをしようと言い出した理由に思い至る。

「もしかして……俺が明日で野球やめるとか、考えてるのか？」

「え？」

目を見開く美咲を見て、和人は嘆息した。

「心配するなよ。啓人を取り戻しても、俺は野球を続けるつもりだよ」

「あ……そうなんだ」

「ああ。啓人が帰ってきたらみんなの記憶が変わって、たぶん啓人が野球部のエースに戻って、俺は帰宅部の影の薄い男になっちまうかもしれないけどさ。野球から完全に離れるとかはないから」

さすがにもう高校野球でやることはないだろう。とはいえ、草野球でもなんでも、どこかで野球は続けるつもりだった。だから二度と野球に関わらないというわけではない。

「そう……それはよかったわ」

「美咲は？　女子野球部のある大学に進むのか？　いっそ女子のプロ野球リーグでも目指してみれば？」

「全然練習してないんだから、無理に決まってるでしょ」

真面目に和人は言ったのだが、美咲に笑われてしまう。

その笑みをぼんやり眺めていると、美咲が「ねぇ、和人」と名前を呼んだ。

「ちょっと投げてみて」

「ん？　いままで投げてただろ」

「そうじゃなくて。ここが甲子園のマウンドだと思って、本気で」

話しながら近づいてきた美咲が、立ち止まる。二人の距離はおよそ18メートル。マウンドから、ホームベースまでの距離だった。

両膝を曲げた美咲がグラブを構える。困ったように和人は頰を掻いた。

「そんな急に言われてもな。どう見ても公園だし……」

「いいから。和人の調子を見てあげる、って言ってるのよ」

「でもそっちはキャッチャーミットじゃなくてグラブだろ。危ないぞ」

「大丈夫よ」

ぼすっとグラブに拳をぶつける美咲。

彼女に確かな技術があるのはわかっている。わずかに逡巡した後、和人は決心した。

「じゃあ、投げるぞ」

振りかぶって、和人は投げる。スピードののったボールが低い軌道で突き進み、

「きゃっ⁉」

直前でワンバウンドして、美咲のグラブを弾いてしまう。

明らかに和人のコントロールミスだった。

「すまん……ほら、やっぱり危ないだろ」

謝罪と美咲の心配をすると、彼女は口を尖らせた。

「危ないのはミット関係ないじゃない。そっちの問題でしょ。しっかり足踏ん張って、指先まで集中して投げなさいよ」

「いや俺スパイク履いてないから……」

「言い訳しないの。ほら、もう一球」

山なりに投げ返されたボールを和人がキャッチすると、

「……今度こそ、ちゃんと捕るから」

ぐっと力のこもった美咲の瞳に射抜かれた。

大きく深呼吸して、和人はボールを握りなおす。ゆっくりと腕を上げ、足で地面を踏みしめ、腕を振った。

リリースした瞬間、わずかに指先が痺れる。早朝のぬるい空気を切り裂いたボールは、気持ちいいほど乾いた音を立てて美咲のグラブに収まった。

「どうだ？　調子は悪くないだろ？」

心の中で小さくガッツポーズをしながら、和人は尋ねる。

グラブから手を抜いた美咲が立ち上がり、

「うん……たぶんいい球だった。明日も、頑張って」

微笑とともにエールを送られた。

彼女のどこか他人事《ひとごと》のような言葉に和人は苦笑する。

「明日も一緒に戦うだろ」

甲子園の決勝まで勝ち上がってきた相手に、九回までに十点差をつけなければならない。そのためにはベンチにいる美咲の協力が必要不可欠だ。少なくとも和人はそう思っている。

美咲は、なにも言わなかった。

じっと和人を見つめていたかと思うと小さく息を吐き、

「一緒に帰るとなにか言われるかもしれないから、先に戻るわよ」

踵を返して公園を出て行ってしまう。

取り残された和人の耳には、セミの鳴き声がよく聞こえた。

宿舎に戻って朝食を済ませた和人は、部屋で時間が過ぎるのを待った。決勝戦を明日に控える身で、あまり動いて疲労が残っても困る。そうでなくともテレビでは連日三十五度を超える猛暑日だと報道しており、外に出る気にはならなかった。

部屋の中でじっとしていると、時間の流れがやけに遅く感じられる。決勝戦を前にした重圧や緊張はそれほどない。けれど和人はどうにも落ち着かなかった。瞼を閉じると今朝の公園での、美咲の姿がチラつくのだ。

彼女とのキャッチボールは気分転換としては悪くなかった。だがいつもと様子が違っていたのではないか。別れる際の美咲の顔は、ほんのわずかに悲しげな憂いを帯びた表情にも見えた。

考え出すと和人の心の中では得体の知れない塊がごろごろと転がり、次第に大きくなっていく。明日は啓人を取り戻すための大事な試合だというのに……。

余計なことを考えてしまっている自分が情けなくなる。美咲と話をすれば頭のもやもやも晴れるかと思ったが、昼食どころか夕食の席にも美咲の姿は見当たらなかった。

そして夕食後、和人は廊下で顧問の佐藤に呼び止められた。

「藍沢さんが帰ってません。筧くんはなにか聞いていませんか？」

ぶわっと和人の背中から汗が噴き出す。真顔で尋ねる顧問の佐藤に「……聞いてません」と答えるので和人は精一杯だった。早鐘を打つ心臓に、とにかく落ち着けと言い聞かせる。

廊下から人の気配が消えるのを待ってから、和人は宿舎を飛び出した。

すでに日は落ち、空は真っ黒に覆われていた。それでもオフィスビルの灯《あか》りや街灯が煌々《こうこう》と辺りを照らし、通りは多くの人々が往来している。

人混みを掻き分けるように、和人は走った。美咲の居場所に当てなどない。それでも宿舎でじっとしていることはできなかった。

夏の夜は蒸し暑く、汗でぐしょ濡れになったシャツが身体を重くする。行き交う人々に奇異の視線を向けられ、会社帰りのサラリーマンとは肩がぶつかり怒鳴られるが、構わず和人は駆けた。

走りながらも、思考は止めない。美咲の居場所を考える。慣れない街で迷子になっているだけなら、それでいい。和人が無駄に走り回って疲れるだけなら、それが一番いい。

しかし嫌な思考は頭にこびりついて離れない。

美咲に電話を掛けてみても、呼び出し音が鳴るばかりだった。

和人は今朝の野球賭博の男からの電話を思い出す。もしあの男が美咲を攫《さら》って、どこかに監禁しているのだとしたら……。

次第に息が切れてきて、和人の走る速度も落ちてきた。

ここまで大通りを走ってきたが、野球賭博の男は和人を監視しているのだから、むこうから連絡があるのなら人気《ひとけ》のない場所のほうがいいのかもしれない。

いっそこちらから連絡をとってやろうかとスマホを取り出すが、操作の途中で和人は指を止めた。野球賭博の男が美咲を連れ去って脅しの材料にするのなら、真っ先に和人のもとに連絡が来ないのはおかしいのではないか。連絡手段が電話ではなく、手紙かなにかで脅迫しており和人が見落としているだけか。それとも野球賭博の男は美咲の失踪とは関係ないのか……。

いつの間にか、和人は足を止めていた。じっと手にしたスマホを見つめながら、思考を巡らせる和人の横を多くの人が通り過ぎていく。

ふいに目の前で、誰かが立ち止まった。俯いた和人の視界に見えた足は細いもので、どうやら女性のようだ。

歩道で立ち止まっている自分はさぞ邪魔だろう。すぐに道を譲ろうと、和人は顔を上げた。通り過ぎる車のヘッドライトが、和人の正面に立った女性を照らす。

藍沢美咲がそこにいた。

呆然と佇む和人の前に、捜していた人物はいた。街の灯りでぼんやり映る美咲の姿を、和人はぽかんと見つめる。彼女もまた目を丸くしていた。

「ど、どうしたの？　こんなところで……」

きちんと喋る声もした。夢や幻ではない。どうやら美咲は無事なようで、和人は安堵の吐息を漏らした。

「それはこっちの台詞だろ。捜してたんだぞ。電話しても出ないから」

「あ、電話……出られなくてごめんなさい。さっきまで電車に乗って移動していたの」

「え……ああ、電車か。それじゃあ、出られないよな」

丁寧に謝る美咲の姿に、和人も気勢を削がれてしまう。薄手のカットソーにショートパンツ姿の美咲は、リュックサックを背負っていた。

「それで、こんな暗くなるまでどこ行ってたんだよ」

「大事な用があって……」

「大事な用？」

甲子園決勝の前日に済ませなければならないほどの、大事な用などあるのだろうか。

怪訝な顔をする和人に、美咲は小さく頷いた。

「うん、ちょうどよかった。あの、これ……」

背中のリュックサックを下ろした美咲は、中からいくつかの封筒を取り出し、そっと

和人へ手渡そうとして、

「ん……なんだこれ？」

封筒の一つに書かれた文字に、和人の視線は釘付《くぎづ》けになる。

暗くてもはっきり見えた。そこには『退部届』と書かれていた。

「あ、ちがっ……これは先生に渡さないとだね。こっちだけ、どうぞ」

慌てて美咲はそれを抜きとり、残りの封筒を押しつけるように渡してきた。

けれど和人は渡された封筒には目もくれず、美咲の手の中にあるものを凝視する。

「どう、して……？」

掠れた声で尋ねる和人に、美咲はパタパタと手を振って言う。

「気にしないで。明日は試合でしょ」

「そんなの……気になるに決まってるだろ」

「あたしがいなくても、試合はできるよね？」

「いや試合はできるけど、美咲がいないとみんな困るぞ」

「たぶん、困らないよ」

「困る、って言ってんだろ！」

つい和人は怒鳴ってしまった。

張り上げた声が、夜の街に吸い込まれていく。道行く人はわずかに視線をこちらへ向けるが、すぐに通り過ぎていった。

彼らに向けて放った言葉ではないのだから、構わなかった。和人が困ると言ったのは、目の前の彼女にだけだ。

けれど美咲は腕を抱えて、申し訳なさそうに目を伏せた。

「野球を好きじゃないあたしが、野球部にいちゃいけない気がするの。あたしの居場所は、違う気がするから……」

言っている意味が和人にはわからなかった。彼女ほど野球を好きな人間はいないだろう。もしかすると野球を好きすぎるゆえに、和人が野球賭博に関わっていることを黙認していることで、自責の念に駆られているのかもしれない。ならばそれは違うと、和人は美咲に伝える義務があった。

「なに言ってんだよ。美咲はなにも悪くないだろ」

強い口調で言い聞かせるように、和人は言う。

だが美咲は寂しそうな瞳でわずかに笑みを浮かべ、

「それ、渡したから……もう行くね」

背中を向けた。

「美咲！」

咄嗟に腕を摑んで彼女を呼び止めた。驚いた表情で美咲が固まり、ハッとなって和人は手を放す。

思えば美咲とは手を繋いだこともなかった。和人と美咲は、本当に付き合っているわけではないのだ。もうすぐ啓人が帰ってくる。そうすればこの偽りの恋人関係も終わりだろう。

小さく息を吸い、和人は美咲を真っ直ぐ見据えた。

「その、明日は絶対上手くやってみせるから。そしたら啓人が帰ってくるから……それで終わらせるから。だから美咲は野球部にいろよ。甲子園終わっても、まだ国体とかあるし……野球、好きなんだろ？」

美咲がいつもの美咲でないのは明らかだった。

そして和人も、平常心ではいられなかった。甲子園が終わった後のことを、啓人が帰ってくることを考えたら、心の中がかき混ぜられたようにざわついた。こんな状態で明日を迎えても、まともに投げられる自信がなかった。

啓人は必ず取り戻す。美咲も野球部を辞めさせない。その想いは絶対のはずなのに、チクリと胸が痛む自分が、和人は嫌になる。

和人と美咲の関係が今日で終わりだとしても……せめてもう一度、和人、と名前を呼んでもらいたかった。冷ややかな声でも、怒った声でも、呆れた声でも、囁《ささや》き声でも、その小さな唇から自分の名前が発せられるのを、和人は待った。

けれど美咲は、

「ごめんなさい。もう、手遅れなの……」

小さく呟き、和人の横を通り過ぎていった。

最後まで和人の名前を呼んではくれなかった。


それからどこをどう歩いてきたのか覚えていない。ふらふらとした足どりで和人が宿舎に戻ると、すでに美咲が『退部届』を提出した後だった。顧問の佐藤の部屋に、和人と主将の純平だけが呼び出された。

佐藤も判断に困っている様子で、意見を求められても和人も純平もなにも言えず、結局佐藤のところで『一時的に預かる』ということになった。明日の試合への影響を考えて、他の部員には伝えないことに決まった。

前日ミーティングは美咲抜きで行った。他の部員たちには『藍沢は体調不良で休んでいる』と伝えられた。ミーティングでは身体を壊すまで頑張ったマネージャーの分も頑張ろうだの、これまでのつらい練習を思い出せだの、皆で色々言い合っていたが、和人の頭には話の内容はまったく入ってこなかった。

解散し部屋に戻っても、気持ちが落ち着くことはなかった。じっと天井を見つめながら時間が過ぎるのを待つ。

深夜になると、そっと和人は部屋を抜け出した。

街の灯りがほとんど消えた暗い夜の道を歩き、今朝美咲とキャッチボールをした公園へとやってきた。

ベンチに腰掛ける和人。そばには街灯があったが、灯りは星のように遠く感じられた。

和人の手には美咲から渡された封筒がある。中身は手紙だった。

さきほど美咲と別れた直後にも、和人は読んでいた。ミーティングの最中も、この手紙のことで頭がいっぱいだった。そこには到底受け入れられないようなことが書かれていて、けれど頭の隅々を探しても否定する材料が和人には見当たらなかった。

時間が経てば手紙の内容も変わっているだろうかと、藁《わら》にもすがる思いであらためて和人は手紙を広げる。ぼんやりとした街灯に照らされて、そこには粒が揃ったような端正な美咲の字が並んでいた。

手紙を和人は読み返す。何度も、何度も読み返した。しわくちゃになるほど読み返し、やがて和人は顔を上げる。

暗い闇に覆われた空の下、和人はポケットからスマホをとり出した。

＊

決勝戦の日は快晴だった。和人たち春星高校野球部は宿舎からバスで移動し、十時過ぎに甲子園球場に到着。試合前の練習でスタンドを見上げると、試合開始までだいぶ時間があるにもかかわらず、満員に近い人の入りだった。ベンチに美咲の姿はない。それでも部員たちが無意味にベンチをうろついたり、そわそわしたりする雰囲気はなかった。昨日の時点で告げられていたので、皆腹はくくっているようだった。

定刻どおりの十四時、審判がプレイボールの宣告をする。ウーと低いサイレンの音が鳴り響く。試合は春星高校の先攻だった。相手ピッチャーは今大会いまだ自責点〇という超高校級ピッチャーだ。それでも先頭バッターの上里《うえさと》は物怖《ものお》じせずに、初球から積極的に振っていった。

バットがボールに当たると、歓声が沸く。打球はボテボテのショートゴロだ。誰が見ても間に合わないが、上里は全力で走り一塁に頭から突っ込んだ。アウトだった。続く二番バッター筒坂《つつさか》は、三振。三番バッター臼井が、ファーストフライ。春星高校の初回の攻撃は三者凡退だった。

グラブを抱えて、和人はマウンドへと上がった。

投球練習を終えて小さく息を吸う。マウンドには肺の中を焼き尽くすかのような、暑さの匂いが立ち昇っていた。

純平のミットは内角低めに構えてあった。頷いて、和人は初球を投げる。投じたボールは純平のミットよりもさらに内側……相手バッターの太もも付近に当たってしまった。顔をしかめて一塁へ進むバッターに、帽子をとって和人は小さく頭を下げた。

ノーアウトでランナー一塁。背中のランナーを気にしつつ、和人は投球モーションに入る。ど真ん中にストレート。相手バッターはバントの構えをすることもなく見送り、一塁ランナーも走る気配はなかった。「ストライークッ」と審判が高々と宣告する。

純平から投げ返されたボールを和人はパシッと受けとり、次の投球モーションに入る。直後、一塁ランナーがスタートを切った。

一度投球モーションに入ったら止めることはできない。バッターがバントの構えをとるのが見えて、和人は強引にコースを変えた。

低めに投げたボールが地面を抉る。純平は後ろに逸らすことなくキャッチしたが、二塁へ送球はできなかった。相手の盗塁が成功し、ノーアウト二塁。

ランナーを視線で牽制しながらクイック気味に和人は投げる。相手バッターは、今度はしっかりバットを振ってきた。

強い打球が一、二塁間を抜けてライト前ヒットとなる。ノーアウトでランナー一、三塁。たまらず純平がタイムをとった。

「まだ初回だ。ランナー気にせず、一つずつアウトとるぞ」

集まった内野陣は頷き合い、バシバシと和人の背中を叩いて散っていった。

相手の三番バッターは、大柄な男だった。両手を持ち上げて頭の後ろにバットを持っていき、ぐるぐると回してから打席に入る。どっしりとした構えからは、威圧感が滲み出ていた。

スクイズも頭に入れながら和人は投げる。一球目はやや高めのストレート。ストライクゾーンには入っている。けれど相手バッターはバットを振らずに見逃した。先ほどの二番といい、相手ベンチはじっくり球筋を見極める作戦なのかもしれない。

まだ初回だというのに、汗はとめどなく溢れてくる。帽子をとって汗を拭い、和人は前を向く。真夏の蜃気楼《しんきろう》のむこうに、純平の姿が霞《かす》んで見えた。

続けて和人は高めのストレートを投げた。金属バットがボールを捉え、打球が舞い上がる。高く打ち上がったボールを、ライトの上里がキャッチする。しかし飛距離は十分で、犠牲フライで先制点をとられてしまった。

「ドンマイドンマイ！　一つずついくぞ！」

立ち上がった純平が声を掛けると、守備陣が呼応するように声を張り上げる。ぐっと和人もボールを強く握り締めた。

その後、相手の四番にタイムリーツーベースを打たれてしまう。

春星高校は、初回に二点を失った。

　初回の守備を終えベンチに戻った和人がタオルで汗を拭いていると、チームメイトは口々に初回の攻防について話し出した。

「やっぱり甲子園の決勝まで勝ち残るようなチームは強いな」

「うちだって、決勝まで勝ち残ったチームだろ。しかも二年連続」

「つーか最初のデッドボール、あれバッター避けられただろ」

　聞こえてきた言葉に、和人はぎゅっと拳を握ったまま呟いた。

「……悪い」

　さぞ和人が責任を感じているように見えたのだろう。チームメイトは和人を気遣うように明るい声を出した。

「謝るなって、もう和人一人に頼ってるチームじゃねぇんだよ」

「そうだぜ。去年とは違うってとこを見せてやるよ」

「まだ一回終わっただけだろ。これからこれから」

　皆が和人に優しい言葉を掛けてくる。

　ただ一人の男を除いては……。

「ちょっと来い」

　強い力で和人の腕を引いたのは、純平だ。

　二回の春星高校の攻撃は純平の打順からだったが、初球高めのボール球を振らされた純平はキャッチャーフライに倒れていた。純平らしからぬ、軽率なスイングだった。

ベンチから無理やり立たされ、ロッカールームへと連れて行かれる和人。日の光が差し込まないロッカールームは、同じ甲子園とは思えないほど熱気が感じられず、ひんやりとした空気が漂っていた。

「なんだよ?」

尋ねると、純平はがしっと和人の肩を摑んだ。

「コントロールが悪すぎるぞ。連投の影響か?」

「たいして疲れてねぇよ」

「じゃあ、やっぱり藍沢がいないからか」

「あ?」

肩を摑んでいた純平の腕を振り払い、思わず和人は睨んでしまう。それでも怯むことなく純平は和人の瞳を直視した。

「動揺してるだろ。だから打たれるんだよ」

愚直なまでに真っ直ぐ見つめてくる視線に、和人はわずかに目を逸らした。

「動揺は……してるかもな」

「腑抜けてんじゃねぇ。シャキッとしろよ」

「ちゃんとやってるよ」

「どこがだ。甘い球ばっか投げやがって。全然集中できてねぇぞ」

「これでも精一杯集中してる」

暑苦しい眼差しが鬱陶しくて、和人は簡潔に答える。

そんな和人の態度を投げやりに感じたのかもしれない。眉根を寄せた純平は疑うような目つきを向けてくる。

「お前まさか、啓人を取り戻したら藍沢がとられちまうとか、くだらねぇこと考えてんじゃないだろうな?」

「まさか……」

嘘だった。考えたことは何度もある。けれど、今はそんなことはどうでもよかった。

肩をすくめてやり過ごす和人に、純平は質問を変えてきた。

「藍沢となにかあったのか?」

「…………」

和人は押し黙った。

純平はじっと和人を見つめていたが、やがて小さく嘆息した。

「別になにがあったか聞くつもりはない。ただ、それを試合に持ち込むな。俺たちの目的は一つだろ」

「……啓人を取り戻す。それは絶対だ」

なにがあっても目的は変わらない。強い意志を宿した瞳で、和人は口にする。

満足したように純平は和人の肩を叩いた。

「よし、とにかくしっかり腕振れ。調子が悪いなら、一度瀬良と交代するって手もあるからな」

ベンチに戻ろうとする純平の背中に、和人は声を掛ける。

「代えるなよ」

「え?」

振り返って眉をひそめる純平。

念を押すように和人は再度言う。

「絶対にベンチには下げるなよ」

マウンドを降りるならば、外野の守備につく。一度ベンチに下がっては、再びマウンドに戻ることはルール上できないからだ。

「ああ、それくらいわかってる」

頷いた純平の後を、和人も追う。

ベンチに戻る通路では、すでに熱気が待ち構えていた。

その後も相手校の重量級打線に春星高校は苦しめられた。二回の満塁のピンチこそ無失点で切り抜けたものの、三回に追加点を許してしまう。四回にも相手打線に捕まって五点目を失ったところで、とうとう和人はピッチャーを交代させられた。

二年生ピッチャーの瀬良がマウンドに上がり、和人は外野の守備につく。ピッチャーが代わった一巡目こそ相手は的が絞れず苦戦している様子だったが、回を重ねるごとに次第にタイミングも合ってくる。そうでなくとも瀬良が四回という早い回でマウンドに上がるのは今大会初めてで、甲子園決勝のマウンドという重圧を考えればスタミナ切れは時間の問題だった。

相手のピッチャーはテンポのいい安定したピッチングで、春星高校は得点どころかランナーを出すのにも苦労していた。かたや瀬良も粘投してはいるものの、春星高校の失点は着実に増えていった。

八回裏。ノーアウト二、三塁の場面で瀬良の甘く入ったストレートを、ライト前に運ばれた。三塁ランナーは生還。二塁ランナーもホームを狙う。外野から突っ込みながらボールを捕った和人は、矢のような送球でランナーを刺し、アウトをとった。

それでも三者連続のヒットを浴びて、この回も失点してしまったことに変わりはない。観客席では春星高校の応援団が沈んでいた。

明らかに球威の落ちた瀬良を見て、純平がマウンドに和人を呼び寄せる。

再びピッチャー交代だった。

労いの言葉を掛けて瀬良をベンチに戻した純平は、和人に向き直る。

「今のバックホームはよかったな。これで試合の流れが少しは変わるといいんだが」

「……もう十分だろ」

スパイクでマウンドの土を慣らしながら、ぼそりと和人は呟いた。

足元で舞った土が、風に乗って流されていく。

「なにがだ？」

怪訝な顔をする純平に、和人は告げた。

「今ので十点差だ」

スコアは十対〇で、春星高校が負けていた。


軽めの投球練習を終えると、審判が試合再開を告げた。

1アウト、ランナー一塁。マウンドから和人は力いっぱい腕を振るった。勢いのあるストレートだったが、高めに外れてボールとなってしまう。キャッチした純平がわずかに目を見開いていた。

続く二球目、和人の投げたストレートがやや真ん中寄りに入り、相手バッターが振ってくる。金属バットは空を切っていた。投げ返されたボールをキャッチした和人は、純平の出すサインに頷きながら、グラブの中でボールの握りを確認した。

構えたミット目掛けて和人は腕を振るう。初動はほぼ真ん中。けれどそのボールの正体は、バッターの手元で横滑りするスライダーだ。相手バッターはバットの先で当てるのがやっとだった。

打球はセカンド櫛枝の正面。捕った櫛枝はショート高木へトス。高木は二塁を踏んで、すかさずファースト臼井へ送球。セカンドゴロからのゲッツーで、3アウトチェンジとなった。

足早にベンチに戻った和人に、純平が詰め寄ってくる。

「おい和人、今の投球はなんだ？」

プロテクターも外さぬまま険しい顔つきで問う純平に、和人は平然と答えた。

「これ以上点はやれないだろ」

「そうじゃない。できるなら最初から――」

「話はあとだ。三橋！」

純平の言葉を遮るように、和人はこの回の先頭バッターを呼んだ。

打席に向かおうとしていた三橋が振り返る。昨年の秋にはやる気を失っていた男だが、その後は真面目に練習に励み、今大会ではチームに欠かせない存在になっている。

今ならわかる。三橋も野球が好きだからこそ、当時の輝きを失った和人のピッチングに失望したのだろう。

彼の眼を見て、和人は言った。

「六球目に甘いストレートが来るから」

一瞬きょとんと固まる三橋だが、すぐに口の端を持ち上げる。

「なんだ？　藍沢の真似事か？」

「いいから聞け。六球目だ。それまでは振らなくていい」

「はあ？　六球目って、フルカウントだろ。その前にストライク三つきたら見逃し三振じゃねぇか」

「そうだな」

淡々と告げる和人に、三橋はむっとした表情を見せた。

「そうだな、って……俺の甲子園の、最後の打席かもしれないんだぞ」

「大丈夫だ。最後にはならないから安心しろ」

「和人てめぇ、ふざけてんのか？」

眉間に皺を寄せ、睨みつけてくる三橋。

「ふざけてない。俺を……仲間を信じろ」

その瞳を和人は真っ直ぐ見つめ返す。

三橋の言うとおり、高校三年間の最後の打席になるかもしれないのだ。誰だって自分のタイミングで、自分のスイングをしたいだろう。それでも、なにがなんでも、信じてもらうしかない。

折れない和人の眼光に、三橋のほうが諦めたように小さく舌打ちした。

「ちっ……言ったな。わかったよ。けど六球目にストレートが来なかったら、今度焼肉奢《おご》ってもらうからな」

「構わない。ただしストレートで打てなかったら、お前を焼肉にして食ってやる」

「おう、上等だコラぁ！」

気炎を上げて三橋は打席に入った。

九回表。観客席からは早くも「あと三つ！」とコールが聞こえてきた。ここまで完璧なピッチングを披露している相手ピッチャーは余裕を見せるどころか、引き締まった表情でマウンドから三橋を見つめていた。

ゆっくりとした動作から、相手ピッチャーがボールを投げる。バットを構える三橋はピッチャーを睨みつけたまま、ピクリとも動かなかった。初球はボールだった。

しかし二球目、三球目とストライクが続き、あっという間に追い込まれてしまう。四球目、際どいコースのボールを三橋はじっと見送る。判定は、ボールだった。五球目は低めの変化球。これもギリギリ外れてボールとなった。

そしてフルカウントからの六球目。相手ピッチャーが投げてきたのは、ど真ん中のストレートだった。際どい判定に焦れたのか、点差とランナーがいないことを考えたキャッチャーの指示なのか……どちらでも構わないと和人は思った。

この打席に入って初めて牙を剝く、狙いすました三橋の一振りがボールを捉える。強烈な打球が三塁線を抜け、長打となった。

ノーアウトでランナー二塁。春星高校のベンチでは、打った三橋よりも和人に注目が集まっていた。

「高木、二球目に内角高めのストレートだ」

またしても和人は狙い球を断言する。

周囲からの反論はなく、当の高木は穏やかな眼差しを和人に向けた。

「和人はさ、ベンチにいない藍沢さんの代わりを務めようとしてくれてるんだろ？」

「……腕畳んでしっかり振り抜け」

質問には答えず和人が助言を重ねると、高木は苦笑した。

「うわ、和人にバッティングのアドバイスされたよ」

「……頼んだぞ」

「藍沢さんのためにもこのまま終わるわけにはいかないし。いいさ、やってやるよ」

ぐっとバットを握り締めた高木が打席に向かった。

一球目はキレのあるカーブだった。ストライクゾーンにボールが来たが、高木は堪えるように見送った。

二球目、高めのストレートに高木が反応する。コンパクトに肘を畳んで、腰の回転でバットを振ると、打球はレフトの頭上を越えてフェンスに直撃する。二塁ランナーの三橋がホームベースを踏んで、春星高校はようやく一点返すことができた。

再びノーアウトでランナー二塁。次のバッターの久保に、和人は勝負球を伝える。

「五球目だ。甘く入ったカーブが真ん中寄りにくる」

「……カーブか」

ベンチの前で軽く素振りをした久保だったが、思い出したように振り返り、

「なあ、さっきの三橋の『焼肉奢り』ってやつ、俺もいいか？」

「好きにしろよ。もしも予想が外れたら――」

「いや、もしもこの回で逆転できたら、俺が和人に腹いっぱい焼肉奢ってやるよ」

ニッと白い歯を見せ親指を立てる久保。和人は一瞬ポカンとした後、薄い笑みを浮かべた。

「……ああ、楽しみにしてる」

「っしゃ。死ぬほど食わせてやるから覚悟しとけ！」

いつの間にか観客席から「あと三つ！」のコールは聞こえなくなっていた。

打席に送り出した久保をベンチから皆が見守る中、そっと純平が小声で尋ねてきた。

「なにがどうなってる？　序盤の不調が嘘みたいなピッチングしたと思ったら、今度は

藍沢顔負けの相手の配球読み始めて――」

「俺が相手ピッチャーの配球を読んでいるわけじゃない」

「なんだって?」

眉をひそめる純平に、和人はポケットに忍ばせていた四つ折の紙を手渡す。

「美咲が昨日の夜に、こいつをくれたんだよ」

紙を開いた純平が驚愕《きょうがく》の声を漏らした。

「んなっ、これは……」

そこには決勝戦の相手ピッチャーの、一回からここまで投げてきた球――そしてこれから投げる球が全て記されていた。

「それと、手紙も一緒にもらったんだ」

全てを純平に見せている時間はなく、また見せる気もなかったので、和人は手紙の要点だけをかいつまんで話した。みるみる純平の目が見開かれる。

「和人……お前それで初回からあんな打たれるようなピッチングを……」

「ああ、野球賭博の連中には話は通してある」

「……なんで、試合前に教えなかった?」

不機嫌そうに純平は口の端を曲げる。

問われた和人は静かに言った。

「野球部のみんなに言っても混乱させるだけだし、言わないほうがいいだろ」

「違う。共犯の俺には相談くらいあってもよかったはずだ」

「キャッチャーの純平が初回から甘いコースに要求してたら怪しすぎるだろ。不調で俺のコントロールが悪くて打たれるのが一番自然だ」

　グラウンドを見つめたまま、平然と答える和人。眉間に皺を寄せて憤りを見せる純平だったが、突如ハッとなって和人を凝視した。

「……また一人で全部背負うつもりか?」

　責めるような視線を浴びた和人は肩をすくめ、ゆっくり首を横に振る。

「いや、頼るよ。純平にも、みんなにも」

　甲高い金属音がして、久保の打球が二遊間を破っていた。

　和人の言ったとおりの配球に、味方の連打が止まらず、ベンチが盛り上がりを見せる。焼けつくような熱気を感じながら、和人は手紙の詳細を思い出していた。

　昨晩、美咲に渡された封筒には、決勝戦の相手ピッチャーの配球が記された紙とともに、手紙が入っていた。

和人へ

言いたいこと、伝えたいことがたくさんあるから手紙を書くね。

手紙じゃないと伝えられそうにないから。

この手紙は県大会決勝の日、甲子園出場を決めた日の夜に書いてるの。

実は県大会決勝の前日、和人に双子の弟がいることを話してもらったあの日、あたしはその足で『なんでも屋』に行ったの。和人の話があまりにも信じられなかったから。

そこでケースに入った和人そっくりの人を見つけました。自分の目で見て、ようやく和人の話がすべて真実だと確信したわ。和人は全部包み隠さずあたしに話してくれてたんだね。信用してなくて、ごめんなさい。

でもそれだけ確認して帰ろうとしたら、怖いガイコツに『この店は買い物をしなきゃ外に出られない』って言われたわ。

だからあたしは、県大会決勝戦の、木更津学院のピッチャーの配球を買ったの。

木更津学院との試合が始まってから、相手ピッチャーの投げる球は全部ガイコツに教えられたとおりのコースに来て、やっぱりあの店には人の記憶や世界を変える力があるんだって、思い知ったわ。

これが、あたしが『相手の投げる球』がわかった理由。

きっと和人が気になってるのは、あの店で買い物をしてあたしが支払った対価だよね。もちろんあたしはお金なんて持ってなかった。でもガイコツは『この店ではなんでも買えるし、なんでも売れる』って言った。悩んだけど、あたしは『想い』を売ったの。あたしの『野球を好きな気持ち』とその『思い出』を。この『想い』はお金なんかよりもずっと価値があると思ったから。

驚いたかもしれないけど、安心して。あたしの野球に対する『想い』って結構大きいみたいで、ちょっぴり売っただけで県大会決勝の配球は買えたわ。だからこれを書いている今も、あたしは野球が大好き。さすがあたし。

でもほんの少し不安だから、やっぱり書いてみようと思ったの。

あたしが野球を大好きになった理由を。あたしが日本一を目指した理由を。

まずぶっちゃけると、あたしと和人の弟くん、付き合ってないから。

いきなりぶっちゃけすぎかな？　実は和人の弟くんとあたしがしたのは、『恋人のフリをする』っていう約束なの。

今の和人は知ってるかわかんないけど、一年生の頃のあたしってそこそこモテたのよ。それで言い寄ってくる男子も結構いたの。けど遠投90メートルもろくに投げられないような男子には興味ないから、全員断ったけどね。

それでも二学期になっても言い寄ってくる男子はいて、いい加減鬱陶しく思ってたところに、あたしと同じ一年生の野球部の男子が、下駄箱に入っているラブレターにあからさまな困った顔をしててね。気になって声を掛けてみたら『今は野球に集中したいから、女子と遊んでる暇なんてない』って凄い真剣な顔で言うの。あたしも男子と付き合う気なんてなかったし、ちょうどいいや。ってことであたしたちは『恋人のフリをする』ことになったの。

去年の秋から、和人が二人きりでも恋人の演技するからおかしいなぁ、とは思ってたんだ。和人は知らなかったんだよね。ごめんね。でもあたしはちょっと楽しかったよ。

話が少し逸れちゃったかな。あたしが野球を好きになった理由だよね。

前にも話したけど、あたしが小さかった頃、親が野球チームの監督をやっていて野球にしか興味のない人だったから、振り向いてほしくて自分も野球をしようと思ったの。まずは公園で男子が楽しそうに野球をしてるところに、交ぜてもらおうと思って……でも『女子がいるとチームが負けるから』って言われて交ぜてもらえなかった。

悲しくて、悔しくて……あいつら全員見返してやる！　って近所の空き地で壁に向かってボール投げてたんだ。そしたら知らない男の子に『俺も交ぜろよ』って声掛けられたの。その男の子もなんだか隠れて練習したかったみたい。それで二人でキャッチボールするようになって。

　男の子はすごい強肩でね、あたしは貧弱で全然ボールを遠くに投げられなかったから、その子にちょっと憧れてたんだ。遠投のコツとか色々教えてもらって、あたしが投げられる距離が伸びるたびに男の子は褒めてくれて、あたしも嬉しくなってもっと投げられるように頑張ったの。ただのキャッチボールに二人で夢中になって、いつか二人で甲子園目指す、なんて言い出したりして。女子は甲子園に出られないとか、そんなこと二人とも知らなくて、バカみたいにはしゃいでた。

　小さい頃の、あたしの一番楽しかった思い出。その男の子のおかげで、あたしは野球が好きになったの。

　小学校を卒業する頃にあたしは福岡に引っ越すことになって、その子とは離ればなれになっちゃったけど、野球は続けたわ。また会ったときに『こんなに上手くなったんだよ』って言いたかったから。

　こっちの家に戻ってきたときに、その男の子なら野球の強豪校に進学するだろうと思って、親の伝手《つて》でこの辺りのシニアチームの監督に話を聞いたんだけど、それらしい選手が見つからなくて……まあ特徴なんて小さい頃のあたしの記憶だから全然当てにならないんだけど。強豪校に行かないなら、近所の高校に進学するのかも、って最後の望みを託してあたしは春星高校に入学したの。その男の子の名前も知らなかったのに。もしかしたら野球を辞めちゃったのかもしれないのにね。

それでもその男の子と『二人で甲子園を目指す』って約束したから、その約束を果たしたくて。

入学式が終わって野球部の新入部員を見たときに、実はそれっぽい男子を見つけたの。でも声は掛けられなかった。だって人違いだったら恥ずかしいじゃない。小さい頃の話だから相手も忘れてるかもしれないし……あたしのこと覚えてるなら、きっとむこうから話しかけてくる。なんて乙女みたいなことを期待してた。笑えるね。

でもあるとき、野球部の練習を見ていてふと気づいたの。

そんな男子は野球部のどこにもいなかった。退部したのかと思ったけど、いつ辞めたのかも思い出せなくて、もしかしたらあたしの期待が膨らみすぎて妄想と現実をごちゃ混ぜにしてたのかも……なんて考えてたんだ。

その話を以前に和人の弟くんにしたら『覚えてるの？』ってとても驚いた顔した後に『甲子園で優勝したら教えるよ』って言い出して、今度はあたしがビックリしたわ。甲子園出場どころか、甲子園で優勝なんて大それたことを口にするんだもの……。

でも少しだけ安心したわ。いなくなった野球部員は、あたしの妄想じゃなかった。

ただ学年中探しても、なぜかその男子は見つからなかった。

和人の弟くんにあたしが『どうしても教えて欲しい』って頼んでも『甲子園で優勝するまではダメだ』の一点張りで。しかもそれが嘘とか冗談とか、そんなふうには全然聞こえなくて、とても真剣だったの。

だからあたしたちは約束したんだ。『日本一のチームを作る』って。

そう、彼は甲子園の優勝にとてもこだわっていた。

結局去年の夏の甲子園は準優勝だったから、あたしはなにも教えてもらえなかった。

そう思い込んでいた。

けど、違ったんだね。

以前和人に、野球を始めたきっかけを聞いて、その後にガイコツの店の話や和人の弟くんが甲子園の優勝にこだわっていた理由を知って、全部わかった。和人の弟くんがこだわっていたのは『甲子園の優勝』じゃなくて『優勝の一歩手前』だったんだね。

だから目標を達成した彼は、ある意味あたしとの約束を守ってくれたんだ。

もう気づいてるよね？

あたしが探していたのは、和人だったんだ。

あのガイコツの店のせいで一年生の夏休みまで野球部にいた和人のことは、あたしの記憶から消えちゃった。それどころか和人の人生そのものが、みんなの記憶から消えたんだよね？　でもあたしの幼い頃の思い出にあの男の子は残ってる。なんだか不思議ね。

あたしが覚えていても不都合がないからか、それともやっぱりあたしの『想い』が強いから残ってるのかな？　なんてね。

和人が、弟くんを取り戻さなきゃ和人として生きていけない、って言うなら、あたしは和人を応援するよ。弟くんにも世話になったし。

この先甲子園を勝ち上がるのに、あたしはまたあのお店に行くかもしれない。当然和人には黙って行くと思う。言ったらどうせ、止めるでしょ。

だからできるだけ今覚えていることをここに書いておきたかったんだ。

どうしてそこまでするかって？

だって和人の弟くんと『甲子園で優勝する』って約束を、まだ果たしてないもの。

それにあたしは『和人の力になる』って、和人と約束したからね。
P.S.　そうそう。これを読んだあたしは、ちゃんと和人にこの手紙を渡すんだよ。もし興味がなくなっていたとしても、テレビでもなんでもいいから和人の試合を最後までちゃんと見届けるんだよ。

野球部の新入生の挨拶で、初めて美咲に会って……声、掛けるわけないだろ。

手紙を思い出しながら打席に入った和人は、心の中で愚痴る。

幼い頃の和人の記憶にあるのは、啓人と遊びの野球で勝負したこと。負けた啓人は本気で悔しがっていたこと。そして熱心に練習する啓人に見つからないように、家から離れた空き地で、近所の子どもと野球の真似事をしたこと。

でも、そこで出会った、背が低く手足の細い相手は、近所に住む年下の男の子だと思っていたのだから。

あの少年だと思っていた相手が、美咲だったのだ。

唇を噛みながら、和人はバットを強く握り締めた。相手ピッチャーが投球モーションに入ると同時に、片足を上げる。球種もコースもわかっていれば、和人でも打てないことはない。いや、打たなければならないのだ。

迷わず踏み込み、強振したバットがボールを捉える。手の平がじんと痺れた。打球はライト側のフェンスにぶつかり、相手の守備がもたついている間に和人は三塁へと到達していた。

次のバッター上里が打席で構える。相手ピッチャーの配球は、純平が伝えているはずだった。当然和人の頭にも入っている。

初球、ど真ん中のストレートに、上里がバットを振った。ただ打ち急いでしまったのか、勢いのあるゴロの打球はセカンドの正面だった。しかし和人は打つより早く、走り出している。セカンドのバックホームをキャッチャーが捕るのとほぼ同時に、和人は頭からホームベースに突っ込んだ。審判が手を水平に振り、セーフとなる。

立ち上がった和人は手の甲で口元を拭う。口の中は、土の味がした。

再び和人は手紙の内容を思い出す。

手紙は一つではなかった。最初の手紙とは別の日に書かれたものがあったのだ。それを読んで、和人は自分に課せられた使命を知った。

和人へ

ひとまず決勝進出おめでとう。

でもあのお店のガイコツは意地が悪いね。ちょっとずつあたしの『想い』を奪って、また店に訪れるようにしてるでしょ。まあおかげでここまで勝ち進めて、助かってるけどね。

言っておくけど甲子園に関しては、あたしは試合後半の回の相手の配球買ってるだけだから。だから途中までは和人たちの実力だよ……って、なんの気休めにもならないか。野球は九回まで、だものね。

こんな形でしか勝たせてあげられなくて、ごめんなさい。

実はもう小さい頃のことだけじゃなくて、野球部に入ってから……ううん、この夏のこともあまり思い出せないんだ。なんであたしは甲子園にいるのか、理解はしてるつもりだけど、ちょっと頭がついてこない。

記憶があやふやなの。断片的に覚えているけど、上手く繋がらない感じ。

心がついていかない、って言うのかな。あたしは野球が大好きなはずなのに、近くで見ても興奮しないの。ズルしてるから、とかじゃなくて……なにも感じないんだ。おかしいね。

だけどちょっぴりでも残ってる気持ちと、以前に書いた手紙を見て、あたしのやってること、それにやりたいことはわかったわ。

本当に自分を犠牲にするつもりなら、あたし自身を売って和人の弟くんを買い戻せばよかったと思う。それが一番手っとり早いもの。

でもあたしは臆病だから。少しでも和人とのことを覚えていられるならそのほうがいいな、なんて思っちゃったの。あたしって、わがままだね。

でも、それもムリみたい。

たぶん次で全部忘れる。

だって決勝戦は、一試合全部の配球を買うから。

和人の言ってた『甲子園の決勝戦で大差からの逆転負けを演じれば大金が手に入る』ってさ、それって逆のパターンでも問題ないんじゃない？

野球賭博の人が信じてくれないなら、信じる材料を与えればいい。

相手の配球を初球から全部言い当てれば、野球賭博の人もきっと納得するでしょ。

だから和人は、勝って弟くんを取り戻しなさい。


ベンチに腰掛けていた和人は、甲高い金属音に意識を引き戻された。

この回打者はすでに一巡し、なおも満塁の場面。チームメイトが総立ちになり、和人も前のめりになって打球の行方を追った。真っ白い点が、スタンドに吸い込まれていく。

舞台は甲子園の決勝戦。

九回の表。十点差からの逆転劇に、球場が割れんばかりの歓声に包まれていた。

長い長い攻撃が終わり、迎えた九回裏。点差はわずか一点。

その一点のリードを死守するために、和人はグラブを手にとり、

「……純平、頼んだぞ」

声を掛けると、手際よくプロテクターを着けていた純平が顔を上げた。

「なに言ってんだ。それはこっちの台詞だろ」

すげなく言い返されてしまう。

しかし和人は小さく首を横に振り、じっと純平を見つめて言う。

「本気で投げるから。どこいくかわかんねぇから……」

「………わかった」

静かに頷く純平のミットにポンとグラブをぶつけ、最後のマウンドへと和人は向かった。

歓声が風に乗ってやってくる。マウンドに上がると照りつける日差しは肌を焼き、息を吸い込むと乾いた土の臭いがした。

打席にバッターを迎えると、審判が「プレイ！」と宣告する。

プレートに足を掛け、振りかぶった和人は、ゆっくりと投球モーションに入る。指先から放たれたボールが、打ち返された。

バッと和人は後ろを振り返る。ポーンと上がった打球は、センターの三橋がほぼ定位置でキャッチした。まずは1アウト。

安堵の息を和人は吐く。深呼吸を一つすると、熱い空気が肺の中に流れ込んできて、息苦しかった。疲労で手足は重くなり、緊張は重圧となって肩にのしかかってくる。それでもまだ焦りが集中を濁していないのは、目的がはっきりしているからだ。
美咲の手紙、その最後の部分を和人は思い出す。

きっとあたしは和人のことを忘れちゃう。
今もほとんど忘れてるしね……でも、
和人が『野球を楽しむ余裕がない』って言ったことは、覚えてる。
それと『あたしには頼ってもいいんだよ』って言ったことも、覚えてるよ。
だから、これでいいんだよ。
最後の最後は和人の投げたいように投げて。野球を楽しんで。
あ、でも『投げたいように投げて』って言っておいてなんだけど、一つお願い。
たぶん決勝戦の頃のあたしはなにも覚えてないだろうから、
全部忘れたあたしの心にも残るような、最高のピッチングを見せて。
これは約束じゃないよ、あたしのわがままなお願い。

……まったく、無茶な注文をしてくれる。

カキーンとボールを叩く金属音が、和人の耳を突いた。

「櫛枝！」

咄嗟に和人は叫んでいた。

勢いのないゴロに向かってダッシュで突っ込んだ櫛枝は、ボールを素手で掴み、そのままファースト臼井へと送球する。セカンドゴロで、２アウト。

背後から「あと一つ！」「しまってくぞ！」「バッチゴォォイ！」といった声が聞こえてくる。信頼や絆《きずな》といった、目には見えない曖昧なもの。それでも、それが力になっているということが実感できた。

和人は、野球をしていた。バッターが打席に入り、和人を睨みつけてくる。鋭い眼光から放たれる威圧感に肌が震え、和人は笑った。野球は、最高に楽しかった。

ふと和人は空を見上げる。真っ青な空はなにも映しはしない。

けれど瞼を閉じれば彼女が見えた。誰よりも強く野球を想っていた彼女は、もうこの世界にはいない。彼女を想うと熱いものがこみ上げ、胸がいっぱいになった。

いつも必死で、負けず嫌いで、本当は臆病なくせに、強いふりをして……。

「バカなヤツだな……ほんと」

甲子園のど真ん中で和人はそっと呟いた。

野球に対する想いを捨ててまで、和人の想いを大切にしてくれた。

彼女の想いに、ピッチングで応えるしかなかった。

サインを確認しながら手を広げると、風が指先を掠めていった。

スパイクの裏で土を掴み、全身の筋繊維を唸らせて、和人は腕を振るう。放たれた速球が甲子園の熱気を切り裂き、純平のミットに突き刺さった。バックスタンドに今日一番の球速が表示され、観客席がどよめいた。

いつしか後ろを守る仲間の声も、相手ベンチの叫び声も、吹奏楽の音色も、大勢の歓声も聞こえなくなっていた。周囲の雑音は消えている。相手バッターすらも、もはや気にならなかった。和人の視界に映るのは純平の持つミット、その一点のみ。

ミット目掛けて、和人は全力で腕を振るう。

だが突き進むボールの進路に、銀色のバットが割り込んできた。金属音とともにボールは真後ろに飛んでファウルとなる。

帽子をとって和人は額の汗を拭った。

スタンドのどこかから、美咲は見ているのだろうか。和人にはわからない。ユニフォームの上から、そっと胸元の硬い感触を握り締める。彼女からもらったお守りには『勝』の文字が真っ赤な色で書かれている。

この世界に和人の居場所はない……はずだった。

けれど、違ったのだ。

今の和人の存在が、啓人の過去の上にいようが関係ない。

和人を見てくれる人がいる。

和人が見ていて欲しい人がいる。

今この瞬間、居場所はここにある。

勝ちとか負けとか、今はどうでもよかった。ただ目の前の一球に全力を尽くすだけ。全部忘れた彼女の瞳に、この姿が焼きつきますように……。

彼女を強く想いながら、和人は渾身の力で腕を振るう。真っ白いボールは、後悔も迷いも憂いも、全てを切り裂いていく。

ボールがミットに収まる乾いた音が、甲子園に響き渡った。

＊

甲子園で優勝したその日の夜に、和人は新幹線に乗って地元へと帰ってきた。駅前のネオン街を和人は黙々と歩いていく。肩から掛けたバッグは、パンパンに膨らんでいた。

古びたビルの隙間にある階段を下り、和人が真っ黒に染まった扉を開くと、

「いらっしゃい。おや？　見たことのある顔だな」

ガイコツがそこにいた。

いまさら驚きや戸惑いはない。和人は無表情に言う。

「ああ、久しぶりだな」

「買い物に来たのなら、じっくり見ていくといい」

店の奥へと促されるが、和人はその場を動かなかった。

「必要ない。買いたいものは、もう決まってるから」

「ほう、なにが欲しい？」

問われた和人は肩に掛けていたバッグを下ろし、

「ここに一億円ある」

バッグの口を開いて中に詰まった札束を見せつける。甲子園の決勝戦で九回に十点差からの逆転優勝を成し遂げた、野球賭博の報酬だった。金はここに来る途中の、駅のコインロッカーに押し込められていた。

わずかに顔を歪ませる和人を見て、ガイコツは笑う。

「フォッフォフォ。その金で、弟を買い戻しに来たのかな？」

「いや――」

見透かすように言うガイコツだったが、和人は首を横に振った。

「時間を戻してくれ。高校一年の入学式の日まで」

予期せぬ注文だったのか、しばし間を空けてガイコツが聞き返してくる。

「……時間、だと？」

「欲しいものが『なんでも』手に入るなら、できるはずだ」

高校の入学式まで時間を戻せば、啓人は帰ってくる。そして失った美咲の『野球への想い』も元どおりになるはずだ。

全てはなかったことになり、もう一度最初から、やり直せばいい。

強い決意を胸に和人が睨みつけると、ガイコツはカチカチと歯を鳴らした。

「フォッフォフォ。できるさ、できるとも。だがな、時間を戻すってのは途方もないんだ。一億円じゃ足りないな」

半ば予想していた言葉に、ぐっと和人は拳を握った。

けれど手本はいつだって、誰かが示してくれた。

啓人は、和人の身体を救うため……。

美咲は、和人の心を守るため……。

だから、きっとできるはずだ。

ゆっくりと拳を開き、和人は自らの頭をコツンと指で叩いた。

「足りない分は俺の記憶を売るよ。高校入学から、甲子園優勝までの記憶だ。最高にスリリングで、最高に充実した高校生活だった。この記憶が安いなんて言わせない」

どんな宝石よりも輝かしく、価値のある記憶だ。

自信を持って和人が言い切ると、ガイコツは「おや？　本当にそれでいいのかい？」と愉快そうに言う。

「記憶を売っていいのか？　気づいているんだろ。時間を戻して外の世界が変わっても、この店の中にいるお前は全部覚えている。記憶はそのまま、やり直せるんだ。だが記憶を売ればお前も他の人間同様、なにも覚えていない。それでお前はいいのかな？」

「ああ、構わない」

「フォッフォフォ。そいつは面白そうだ」

取引が成立する……。

和人がそう思った矢先だった。

ガイコツはカチンと歯を鳴らし、

「だが、残念だったな。時間を戻すにはほんの少し足りない。そうだなぁ、記憶と一緒にお前の利き腕くらいは、売ってもらおうかなぁ」

骨だけの手を持ち上げて、和人の右腕を指差した。

ごくりと和人は唾を飲む。

――それでも構わない。

和人が言おうとした、そのときだった。

「一人で足りないなら俺の甲子園優勝の記憶も売るよ」

呆れるほど真面目で、嫌になるほど暑苦しく、そして誰よりも頼もしい男の声に、和人は背後を振り返る
「……純平？」

「ったく、一人で先走りやがって」

見慣れた坊主頭、矢久原純平がそこにいた。

思いがけない男の登場に和人は呆然とし、どうにか口だけ動かした。

「なんで、だよ」

「それはこっちの台詞だよ。時間を戻すなんて聞いてないぞ」

「……安心しろ。時間を戻せば啓人は帰ってくる。それに啓人は必ず取り戻す、って言ったはずだ。純平までここに来る必要はなかっただろ」

「俺たちは共犯だ。それに……」

一度言葉を区切る純平。その唇は、青くなるほどきつく噛み締められていた。

「一年前に啓人にここに連れてこられたとき、俺はなにもできなかった。あんな想いは、

もう二度と御免だ」

固い意志のこもった瞳が和人を射抜く。

ガイコツは人間の絶望する顔を見たいのだ。だから和人が困る要求を突きつけてくるのはわかっていた。最悪の場合、全てを売ってでも時間を戻そうと、和人は思っていた。知れば純平は間違いなく止めるだろう。だから肝心な部分は言わずに来たというのに……。

じっと見つめてくる揺るぎない視線に、和人は嘆息した。

どうせなにを言っても聞かないだろうし、もう遅いのだ。この店はなにかを買わなければ出られない。共犯として最後まで付き合ってくれる純平の漢気《おとこぎ》溢れる申し出を、ありがたく受け入れようと和人は顔を上げ、

「……は？」

今度こそ口を開けて固まった。

「よお、和人。祝勝会にいないから、迎えに来てやったぜ」

「純平から全部聞いたよ。双子の弟がどうとか、信じられなかったけど――」

「うわ、ほんとにあったよ。見ろよ、あいつマジでガイコツだぜ」

「筋肉ないのにどうやって体動かしてるんだろうなぁ」

思い思いの言葉を口にしながら、ぞろぞろと純平の後ろから制服姿の高校生が現れた。

どれも和人の見知った顔、春星高校野球部のメンバーだった。

思考が追いつかず唖然と固まる和人に、純平が告げる。

「みんなに話した。啓人のことも、藍沢のことも。そしたら本当かどうか確かめたいって。本当なら協力したいってさ」

思いも寄らない展開に、和人はゆっくりと野球部全員の顔を見回し、

「みんな……すまん」

頭を下げた。

単純に啓人を買い戻すだけなら、まだよかった。けれど和人のやろうとしていることは、きっと彼らの予想の範疇《はんちゅう》を超えている。

謝る和人の頭上から、声がした。

「顔を上げろよ。つーかなんで謝る？」

尋ねてきたのは三橋だ。

顔を上げた和人だが、目を合わせることはできなかった。

「だって……協力する気、なくなっただろ？」

「どうして？」

「俺がやろうとしてるのは、みんなが思ってるような、双子の弟を買い戻すことだけじゃないんだ。美咲の想いも取り返すために、俺はこの店で時間を買って、高校一年の初

めまで時間を戻す」

「それでどうして俺らが協力する気がなくなるんだ？」

三橋だけでなく、他の野球部員も皆一様に首を傾げていた。きっとこのガイコツの店の恐ろしさがわかっていないのだろう。

焦れたように和人は大声で言う。

「時間を戻すってことは、甲子園での優勝がなかったことになるんだよ！　みんな忘れちまう、誰も思い出すことはないんだ。それだけじゃない。今まで頑張ってきた努力も、敗北の悔しさも、勝利の高揚感も、思い出が全部なかったことになるんだよ！」

この店のことを全て承知して、覚悟を持ってやってきた純平はまだいい。しかし半信半疑で周りの勢いに流されてこの場に来た者も多いはずだ。彼らに伝わるように、和人は切迫した声で言った。

けれど野球部員たちは顔を見合わせ、

「たしかにビックリしたな。弟取り戻す話が、時間を戻す話になってるんだもんな」

「まあそれもアリじゃね？　半分ズルして勝ってたんだろ。それで優勝してもな」

「むしろそっちのほうがスッキリするってもんだ」

「さっきガイコツは『ほんの少し足りない』って言ってたし、俺らの甲子園優勝の記憶も売れば余裕で足りるでしょ」

「つーか時間戻したらさ、もう一回高校生活楽しめるじゃん」

「最近の怒鳴らないおとなしい藍沢とか、ちょっと気持ち悪かったしなぁ」

口々にそんなことを言う。

まだ伝わらないのかと、和人が声を張り上げようとすると、

「だから、みんな記憶がなくなっ――」

「わかってるよ」

ポンと肩を叩き、遮ったのは純平だった。ぼんやりとする和人の顔を、穏やかで、それでいて真っ直ぐな瞳で純平は見つめていた。

和人の肩に乗った手に、ぎゅっと力が込められる。

「みんな全部わかって、それでも協力するって言ってるんだ」

触れられた肩は、温かかった。

ツーとなにかが、和人の頬を伝った。指で触れると濡れている。和人は泣いていた。

一緒に戦った仲間は、最後に全てを台無しにする和人を許してくれるという。大好きな人は、和人が本物の野球をするために自らを犠牲にしてくれた。

時間を戻してもう一度やり直すなら、今度こそ真剣に、心の底から野球を楽しもう。

ぎゅっと胸元の固いお守りを握り締め、和人は誓った。

記憶が消えても、絶対に忘れない。覚えていなくても、魂に刻まれた誓いはきっと身

体を突き動かしてくれる。そう、信じている。

涙を流す和人に、野球部員たちは寄ってたかって肩やら背中やらを叩き、和人はバカにされながらもみくちゃにされる。

そんな光景を、ガイコツはつまらなさそうに眺め、

「フン……まあいいだろう。取引は成立だ。バカなお前らのために、時間を戻してやるよ。せいぜい後悔しないといいがな」

世界が白み始めていった。

「じゃあまたな、和人」

そう言った純平の輪郭は、ぼやけてしまいもうよく見えない。

他の野球部員たちの姿も溶けるように消えていく。

それでもみんな笑っているのだとわかる。

視界は柔らかな光に包まれ、和人の心も満たされていた。

そして和人の意識は途切れた――。

# 終章

ジリリリと鳴り響く音に、筧和人は意識を引き戻されていく。

どうやら目覚まし時計が鳴っているようだ。腕を伸ばして、止める。

頭がボーっとしていた。長い夢を見ていた気がするが、はっきりとは思い出せなかった。

「いてっ」

ベッドから降りようとした際に、和人は頭をぶつけてしまった。木製の二段ベッドで下の段に寝ている和人は、起きる際は頭上に注意しなければならないのだが、寝起きの頭ではたびたび忘れてしまう。

ふと和人はベッドの前で背伸びをする。上の段には……誰もいなかった。

「和人、朝メシできたってよ」

呼び掛けに和人は振り返る。

ドアの前に双子の弟、啓人が立っていた。

どこか見覚えのある制服姿だ。徐々に和人の頭は冴えていく。

窓から差し込む光は暖かく、壁に掛かったカレンダーには桜が描かれていた。

「啓人……お前か、目覚まし時計なんてセットしたのは」

「入学式から遅刻はまずいでしょ」

今日は高校生になった二人の、入学式の日だった。

「和人、急がないと遅刻だよ」

「遅刻しそうなのはお前が近道しようとか言い出して、道に迷ったからだろうが」

入学初日から遅刻の危機が迫っており、和人と啓人は走っていた。

駅前のビルの隙間を縫って、大通りへと出ようとすると、

「おっと……危ねぇな。待てよガキが！」

横から歩いてきた茶髪の男と、啓人がぶつかりそうになった。

持ち前の運動神経で啓人は衝突を回避したが、茶髪の男に怒鳴られてしまう。面倒そうなのに絡まれた、とそばにいた和人が心の中で舌打ちしていると、舐めるように啓人を見ていた男の視線が止まった。

「ほう、お前ら野球やるのか？」

啓人が肩から掛けた大きなエナメルバッグには、野球メーカーのロゴの入ったグラブ袋が結び付けられている。

どこか嬉しそうに頬を緩ませる男の視線を、撥《は》ねつけるように啓人は言う。

「だったらなんです？」

「ケケッ、オレは野球をやるヤツは好きだからな。特に未来あるお前らみたいな高校球児は大好きだ」

「へぇ、そうなんですか」

「上手いのか？　名前教えてくれよ」

「たいしたことありませんよ。俺らよりも、そこのビルの間にある弁当屋の息子のほうが、よっぽど上手くて有名ですよ。なんでも将来のプロ入り確実だとか」

淀《よど》みなく喋る啓人は古びたビルの隙間を指差す。

普段の啓人に比べてどこか芝居がかった口調に思えたが、和人は黙って成り行きを見守ることにした。

「弁当屋だぁ？　そんなのあったか？」

「ほら、そこの階段下りたところの、隠れ家的なやつです」

「ケケッ、じゃあちょっくら挨拶に行ってくるか」

ニヤついた笑みを浮かべて茶髪の男は和人たちに背を向ける。

ビルの隙間へと消えていく男を見送ってから、そっと和人は尋ねてみた。

「なあ、今の野球上手くて有名なヤツがいるって話……」

「嘘だよ。なんか面倒そうな人だったからさ」

少しも悪びれず啓人は答える。

男の矛先を変えたかったのだろう。きな臭い雰囲気の男だったたし、なによりあれ以上話していては、遅刻は免れない。

咄嗟の啓人の機転に、和人も同意した。

「そうだな。じゃあ、追っかけてくる前にとっとと逃げるか」

騙されたことに気づいた男が今にも飛び出してくるのではないかと、和人は足を速めるよう啓人を促すが、

「大丈夫。もう追いかけてこないよ。きっとね」

なぜか啓人は落ち着いた様子だった。


入学式には無事間に合い、和人たちの高校生活が幕を開けた。

ホームルームが終わり、和人が荷物をまとめていると、教室の入り口に啓人が現れた。そっくりの顔が二つあることはすぐに学校中に広まるだろうが、今は注目を浴びるのが嫌で、和人は素早く啓人の襟首を摑み、そそくさと教室を離れた。

廊下を少し歩いたところで、和人は捕まった猫のようになっていた啓人を解放した。

「なにしに来たんだよ」

「これから部活見に行くから、和人も誘おうと思って」

「野球部だろ。俺も行く」

当然のように和人は言った。

二人とも中学時代は野球部だった。部活動の第一候補として野球部の名が出てくるの

は自然な流れだろう。

しかしなぜか、啓人はきょとんと目を丸くする。

「……なんだか不思議だね。和人ってそんなに真面目に野球やってたっけ？」

ボフッ、と和人は拳を啓人の腹に叩き込んだ。

突然のことにまともな防御もできず、啓人が顔を歪める。

「いっつつ……なんで俺は、いきなり和人に殴られたの？」

なぜだろう……。和人は自らの拳を見ながら首を傾げた。

中学時代、和人はサードで試合に出てはいたが、エースピッチャーの啓人に比べれば、そこまで真剣に野球に取り組んではいなかった。今の発言にしたってただの軽口で、怒るような内容ではなかったはずだ。

「わかんねぇ。でもなぜか、殴らなきゃいけない気がした」

「……まあ、いいけどさ」

渋面を作るも文句を言わずに歩き出す啓人に向かって、「前から考えてたんだけど」と和人は呼び止めた。

「中学のときは暇つぶしの延長だったけど、高校は本気でやってみたくなった。俺もさ……ピッチャー目指していいか？」

「いいよ。どっちがエースになるか競争だね」

振り返った啓人は、どこか嬉しそうだった。

下駄箱で靴を履き替え、昇降口を出たところで、きょろきょろと辺りを見回している坊主頭がいた。上級生は入学式には参加せず部活動にしか来ていないため、校舎前にいるということはおそらく和人たちと同じ一年生だろう。

困っている様子の坊主頭に、啓人が声を掛けた。

「ねぇ、キミも野球部希望だよね？」

「……そうだけど」

「俺たちもなんだ。よかったら一緒に行こう。俺は筧啓人。で、こっちが双子の兄貴の筧和人」

「よろしく」

啓人の紹介に続いて、和人は軽く頭を下げた。

瓜二つの顔を見て、わずかに坊主頭が目を見開いた。

「双子か……俺は矢久原純平だ。ところでどうして俺が野球部希望だとわかった？」

もっともな質問を矢久原は口にする。

同じことは和人も思った。矢久原の荷物は大きめのリュックサックだけだ。体格がよく、なにかスポーツをしていそうな雰囲気はあるが、それがなにかまではわからない。

もし坊主頭というだけで野球部だと判断したのなら、それは偏見だろうと和人はジロリと啓人に視線をやった。

当の啓人は清々《すがすが》しい顔で、

「だって、こんなに青々とした坊主頭だ。きっと野球部だと思っ――!?」

話の途中で「うぐっ」とくぐもった声を漏らす。

見れば矢久原の拳が、啓人の腹に食い込んでいた。

掠れた声を啓人が漏らす。

「……な、なんで、俺は初対面の相手に殴られたの?」

非難の声に、殴った本人が一番動揺していた。

「す、すまん。初対面なのに……どうしてこんなことをしたのか自分でもわからないんだ。なぜか殴らなきゃいけない気がして……身体が勝手に動いたんだ……」

「……まあ、いいけどさ」

自ら殴っておいて心配そうにする矢久原と、苦悶の表情で腹を押さえる啓人。

とんだ初対面の挨拶に、和人は笑いがこみ上げた。

野球部の部室を訪れると、他にも入部希望者は数名おり、それぞれ見学がてら練習に参加することになった。

埃っぽい部室で運動着に着替えると、グラウンドまで上級生が案内してくれる。

「最初に言っておくけど、うちの野球部にあまり期待はするなよ。毎年三回戦がいいとこ、って程度の野球部だ。まあ公立なんてどこもそんなもんかもしれないけどな。顧問も野球知らない素人だし」

顧問が素人という言葉に、一年生の中から質問の声が上がった。

「あの、監督とかは？」

「いるわけないだろ……って言いたいところなんだが。どうも最近監督みたいなヤツはいる」

やけに歯切れの悪い返答だった。

「監督みたいな？」

「春休みから練習に参加してるのはいいんだが、練習メニューに口出すわ、先輩たちにもバンバン意見するわ。やる気だけは凄いヤツなんだけど、みんな扱いに困ってて」

「えっと、何者ですか？」

「いやまあ……見たほうが早いな」

話している間に、グラウンドに到着した。

部員たちは二人一組でストレッチに取り組んでいて、どこにでもある野球部の練習前の風景に見えたが、

「ほら、とっとと練習始めるわよ！」

鋭い声がグラウンドに響き渡った。

甲高い声に「まさか……」と思いながら、一年生たちは一様に目を丸くする。

現れたのが女性、それも和人たちと同じくらいの年齢に見えたからだ。

野球部員たちがきびきびと動き出す中、女の子が和人たちのほうへと近づいてくる。

「あら、新入部員？」

戸惑う一年生たちを値踏みするように彼女は眺めていく。

ふいに和人の前で、彼女の視線が止まった。

ピンと上向いたまつ毛の奥にある瞳は眩しい光を放っており、彼女の柔らかそうな髪が風に揺られている。

彼女のことを、和人は単純に——綺麗だな。そう思った。

じっと和人を眺めていたかと思うと、彼女はニコリと微笑を浮かべ、

「はじめまして、藍沢美咲です。さあ、あたしと一緒に甲子園を目指すわよ！」

よく通る声で言い放つ。

とくん、と胸で脈打つ鼓動の音を和人は聞いた。

どこまでも続いている青空の下、なにかの予感をはらんだ春の風がグラウンドになびいていた。

# あとがき

突然ですが、ある日僕はプロ野球の始球式をテレビ画面越しに眺めながら、自分があそこで投げるにはどうすればいいのだろうと考えました。

考えに考え抜いた末にたどり着いたのは、

『野球の話を書いてめっちゃ売れたら、始球式で投げさせてもらえるんじゃね？』

という結論でした。

そんな動機で書き始めた本作は、幸運にも〈令和小説大賞、選考委員特別賞〉をいただき、このたび実業之日本社様から出版することになりました。

なにが言いたいのかというと、小説を書くという行為、もしくはそれを書いている人間は、さぞ立派なものと思っている人もいるかもしれません。そんなことはありません。わりと煩悩だらけです。なにかに挑戦するのに、動機やきっかけは『なんとなく』。それでいいと思います。世間体や大義名分なんて知ったこっちゃないです。

成功すると思うから『やる』、できないと思うから『やらない』、という判断基準では後悔を生むでしょう。やりたいなら、やってみればいい。成功する、できると思うから挑戦するのではなく、やりたいと思ったから挑戦する。そうすれば、どんな結果が出ようとも後悔しないと思います。

と、偉大な野球選手も言っておりました。

いつだって胸を突き動かす衝動のままに、皆様も後悔のない人生を。

ここからは謝辞を。

令和小説大賞の選考に携わっていただいた方々。荒削りな部分の多かった本作を〈選考委員特別賞〉にご選出いただきありがとうございます。

担当編集様。改稿に関する数々のご指摘ありがとうございます。まだまだ未熟ですがご期待に沿えるよう努力していきますので、これからもよろしくお願いいたします。

カバーイラストを描いてくださった中村至宏様。爽やかかつ切なげな青春に彩られた素晴らしいイラスト、本当にありがとうございます。

最後に、この本を手に取っていただいた皆様に最大級の感謝を。大変な世の中ではありますが、この作品が少しでも皆様の活力となれば著者として嬉しいかぎりです。

始球式のオファーを待ちつつ、それでは、また。

二〇二一年四月　谷山　走太

本作品は、第1回令和小説大賞にて、選考委員特別賞を受賞しました。

本作品はフィクションです。実在の個人、団体、とは一切関係ありません。（編集部）

# 実業之日本社文庫　最新刊

相場英雄
**ファンクション7**
新宿の雑踏で無差別テロ勃発。その裏には北朝鮮のテロリストの影が……。北朝鮮、韓国、日本を舞台に、人々の生きざまが錯綜する、社会派サスペンス！
あ93

梓林太郎
**天城越え殺人事件　私立探偵・小仏太郎**
伊豆・修善寺にある旅館で働く謎の美女は何者？　身元調べを依頼された小仏だが、女の祖父が五年前に殺されていたことを知り――傑作トラベルミステリー。
あ315

いぬじゅん
**今、きみの瞳に映るのは。**
奈良ケーブルテレビの新入社員・樋口壱羽は、社運を賭けたある番組のADに抜擢されるが……!?　世界を震撼させるラスト、超どんでん返しに、乞うご期待！
い181

沖田円
**雲雀坂の魔法使い**
ある町の片隅、少女のような魔法使いが営む『雲雀坂魔法店』。切実な苦悩や過去を抱えながらそこを訪れる人々との、切なくも心温まる物語は感涙必至!!
お111

倉阪鬼一郎
**お助け椀　人情料理わん屋**
江戸を嵐が襲う。そこへ御救い組を名乗り、義援金を募る僧達が現れる。その言動に妙なものを感じ、正体を探ってみると――。お助け料理が繋ぐ、人情物語。
く49

今野敏
**排除　潜入捜査〈新装版〉**
日本の商社が出資した、マレーシアの採掘所の周辺住民が白血病に倒れた。元刑事が拳ひとつで環境犯罪に立ち向かう、熱きシリーズ第2弾！（解説・関口苑生）
こ215

実業之日本社文庫 た111

負《ま》けるための甲子園《こうしえん》

2021年4月15日　初版第1刷発行

著　者　谷山走太《たにやまそうた》

発行者　岩野裕一
発行所　株式会社実業之日本社
〒107-0062　東京都港区南青山5-4-30
CoSTUME NATIONAL Aoyama Complex 2F
電話［編集］03(6809)0473［販売］03(6809)0495
ホームページ https://www.j-n.co.jp/
ＤＴＰ　ラッシュ
印刷所　大日本印刷株式会社
製本所　大日本印刷株式会社

フォーマットデザイン　鈴木正道（Suzuki Design）


ISBN978-4-408-55659-8（第二文芸）